COORDENAÇÃO EDITORIAL   Renato Rezende
REVISÃO DE TEXTO   Ingrid Vieira
ILUSTRAÇÕES   Maria Dolores Wanderley

Dados Internacionais de Catalogação na Publicação (CIP)
Catalogação elaborada por Janaina Ramos – CRB 8/9166

W245 Wanderley, Maria Dolores
       Bianca Natividade / Maria Dolores Wanderley. –
       Rio de Janeiro: Circuito, 2022.
       160 p., il.; 12 X 17,7 cm

ISBN 978-65-86974-48-5

1. Romance.   2. Literatura brasileira.   I. Wanderley, Maria
Dolores.   II. Título.

CDD 869.93

Índice para catálogo sistemático
1. Romance: Literatura brasileira

Bianca natividade

MARIA DOLORES WANDERLEY

JULHO 2022

letras se misturam
tentando
a palavra exata
para tua alma refinada

a palavra porto.

A Ronaldo

SUMÁRIO

I.........9
II........51
III......73

Este livro fala de uma menina que sobreviveu graças ao fortuito, ao acaso, tal qual, acredito, sobrevive a maior parte das pessoas. Em seu caso particular, por possuir grande tenacidade de temperamento e uma inquietação permanente. A configuração familiar e social desfavorável não foi a sua grande dificuldade, mas ter enfrentado, sem nenhuma agarra, a loucura. Este relato resgata parte desta história.

I

CONSTA REGISTRADO EM cartório de registro civil de pessoas naturais da Capital que Bianca Natividade foi parida a uma hora da madrugada de um dia 17 de dezembro nesta cidade. Ela não está bem certa do ocorrido naquela madrugada de dezembro. Algo lhe diz que nessa madrugada ela não nasceu. Não confia nos cuidados nem nos dados fornecidos à época, por seu pai, ao cartório de registros. Mas digamos que, estando corretos os dados da anotação, os seus verdadeiros nascimentos, e lembra bem deles, não coincidem nem poderiam coincidir com o que diz o tal registro, pois sua memória não chegaria tão longe, ou chegaria, e talvez por isto mesmo a sua hesitação em nascer. Desse nascimento sabe-se muito pouco, não há lembranças, não há fotos nem outras referências. Sua mãe disse apenas que foi uma cesariana na maternidade Augustinho Brando, a única maternidade da Capital à época. O prédio ainda está intacto, funcionando, mas Bianca tem medo de não encontrar os dados da internação. O pai comentou, tempos depois, que ela nasceu uma meninona e só depois foi ficando *assim* franzina. O pai lhe observava, ele havia compreendido suas pequenas mortes. Ainda era comum pensar-se a infância como um período de leveza, inocência, de estruturação da personalidade. Não foi assim com Bianca, o limbo é onde sempre esteve, irresoluta, perspicaz, mesmo agarrando firme os momentos alegres e sadios, com os quais vem nascendo. Sua vida é feita desses pequenos nascimentos, como está escrito em seu nome.

Bianca tomou para si a incumbência de investigar o motivo dessa vacilação. O medo de um julgamento sumário, um pecado capital, um crime pairando sobre a família, sobre os pais e irmãos, sobre si mesma, talvez justificasse a culpa feroz que os habitava sem exceção, e os conflitos que se multiplicavam a cada dia. Que forças pagãs e ancestrais, teriam desnorteado duas pessoas, seus pais, unidas livremente pelo matrimônio, após namorarem durante sete anos, a viverem conflituosamente durante toda a vida? A terem tido cinco filhos juntos, sendo ela, Bianca, a última filha a nascer, quando o imbróglio já havia começado? O que a teria feito não querer nascer completamente naquela madrugada de dezembro? Bianca foi puxando o fio tecido por outros no decorrer da sua existência, mas diferentemente da mítica Penélope, durante a Odisseia de Ulisses, quando desfez o tecido, viu que estava presa em um emaranhado de fios.

Das primevas lembranças, lá dos três ou quatro anos de idade, guardou as do jardim da infância, onde duas professoras dedicadíssimas fizeram-na desenhar, modelar, colar, aprender noções de higiene pessoal e brincar com outras crianças. Sua educação, se é que se pode dizer que Bianca foi educada, principiou ali. Lembra-se de, às vezes, não entender direito os comandos dados pelas professoras para iniciar uma brincadeira ou uma atividade, mas resolvia-se olhando para o coleguinha do lado. Passou muitos, muitos meses exercendo tais atividades até chegar o dia em que estava pintando, se esmerando em cores, quadrados e triângulos sobre uma folha de papel branco, quando foi arguida por dona Salústia, que, aproximando-se cuidadosamente, perguntou sobre o que havia desenhado. Lembra-se claramente da importância que dava àquelas atividades e à dona Salústia. Primeiramente, pensou em dizer que seu desenho era um entrançado simétrico, colorido e lindo, e que gostaria que ela o mostrasse a todos os coleguinhas; no entanto, antes que respondesse, e talvez percebendo a dificuldade da pequena aluna em explicar-se, dona Salústia contemporizou, dizendo que aquilo que ela havia pintado era um peixe. Bianca, duplamente perplexa com a afirmação, sentiu-se expulsa injustamente do paraíso, um lugar onde todos se entendiam, por pecados que não havia cometido. O senso de justiça martelava sua cabecinha. Enquanto a brincadeira prosseguia, Bianca fazia considerações: primeiramente, estava certa de ter feito um desenho lindo que *não* foi compreendido pela professora. Ela *saberia* explicar o seu desenho, caso a professora apenas aguardasse! Bianca estava desolada. Com sua própria noção de pecado, sentia uma enorme culpa pelo erro da professora, sem um motivo justificável. Por essa e por outras razões, quem sabe, preferia ficar no limbo, aguardando por um julgamento justo. Por essa e por outras razões, talvez chorasse muito, vivesse ressentida e completamente desorientada. Bianca lembra também da touquinha branca que fazia parte do uniforme, pela qual tinha o maior apreço; da lancheira, do ponche de laranja, e do nome da outra professora, dona Margarida. Ao final de três anos no jardim da infância, ganhou um diploma e uma supercoleção de lápis de cor como presente de formatura de Marcos, um vizinho cujo nome nunca mais esqueceu. Ele veio trazido pela mãe, dona Francisquinha, até a sua casa para solenemente lhe entregar a supercoleção de lápis. Compreendeu rapidamente a situação, sentindo-se admirada com o ritual, com o presente, e merecidamente prestigiada. Uma desforra com o descuido dos adultos. Em realidade, Marcos tinha sido escolhido para ser seu padrinho de formatura, mas não pôde estar presente à cerimônia do colégio. Dona Francisquinha contornou a situação trazendo o presente pessoalmente. A mãe de Bianca guardou todos os desenhos que a filha fez durante esse período, findado com a clássica foto vestida com a beca de formatura, que não quis mais tirar. Moravam em uma casa antiga e bela com varanda de frente para o mar. Seus desenhos eram navios de carga, transatlânticos, mas também desenhava peixes figurativos e meninas.

Só Bianca sabia o que se passava entre os ladrilhos, sabia do musgo sobre o muro, do canto das coisas da casa à beira-mar. Brincava, olhando atentamente cortinas que voavam, ouvindo o vento. A bomba de silêncio explodindo. O mar, com seu barulho, testemunhava o drama, mas Bianca não sabia o que ele era. Por vezes o acaso contribuía para amenizar um pouco a vida. A experiência dos lápis de cor a deixou se achando uma excelência digna de fazer acrobacias sobre o velho muro da casa, cheio de musgos e rachaduras, se exibindo para a mãe que conversava na varanda com as amigas. O muro desabou fazendo-a arriar literalmente junto com ele, desintegrando-se em farelos enquanto Bianca morria de vergonha e indignação pelo descuido da mãe com ela, por não ter vindo socorrê-la da queda para verificar se estava tudo bem. Em verdade, sentiu vergonha de as amigas notarem tal descuido, descomunal, ciclópico.

Da bela mãe que, vez por outra, se animava e juntava as filhas para acompanhá-la até os coqueiros da praia de Areia Preta, lá na ponta das praias, onde tinham que andar bastante em ruas não completamente calçadas, sobre a areia quente, o que Bianca achava muito *over* para uma criança de seis anos. Chegando lá, a mãe encostava-se em um coqueiro para ler poesia enquanto Bianca e as irmãs ficavam desoladas no meio das pedras, procurando um lugar para mergulhar.

Certa vez, sua bela, sorridente e majestosa mãe a levou à missa na capela do Hospital das Clínicas durante um mês inteiro para pagar uma promessa à Nossa Senhora da Conceição. O hospital ficava próximo de casa, no sentido oposto à praia de Areia Preta, mas tinham que subir uma ladeira sem calçamento para chegar à capela, ou seja, andavam sobre areia, o que era muito cansativo. Enfim, chegou o dia da trigésima e última missa da promessa. Na hora da comunhão, o padre deixou Bianca com a boca aberta esperando a hóstia, dizendo novamente: "O corpo de Cristo...", e ela continuou sem dizer uma única palavra até a mãe soprar ao seu ouvido: "diga amém". Só aí pôde sair daquela situação vexatória e traumática. Ainda não havia feito a primeira comunhão e, a rigor, não poderia comungar. Sua mãe era católica, apostólica, romana, mas não estava bem. A situação parecia ter sido vexatória também para ela, a sua querida mãe. O barulho do mar as consolava como um velho pai.

As refeições, em torno da mesa, eram quando se reuniam. Não vou dizer que havia silêncio. Mas que as palavras, quando saíam, já estavam ordenadas, enfileiradas, preestabelecidas, como soldados num quartel. Afora isto, se dispersavam na escola e nas brincadeiras. À mesa eram sempre solenes. O pai, à cabeceira, começava o ritual com uma preleção, que os filhos entendiam como uma bronca. Depois, a mãe o servia, e só então ela e os filhos se serviam. O pai era um homem trabalhador, severo e sisudo. Seu único divertimento: caçar inhambus e depois degustá-los com cerveja gelada nas tardes de domingo, enquanto cuidava dos cães perdigueiros. E foi com os cães perdigueiros que começou o dilema de Bianca num certo final de semana. O pai tinha ido caçar e voltou cheio de inhambus. Ele os trazia amarrados pelos pés amarelos a um cordão grosso pendurado no cinturão. Dona Ester, a vizinha de trás, depenava-os, tratava e temperava. A mãe só tinha o trabalho de botar no forno e vigiar quando estavam no ponto. Quem trazia os inhambus temperados da casa de dona Ester era sempre um dos filhos e naquele dia, por acaso, foi ela. Dona Ester morava na rua de trás, ou melhor, uma rua acima da casa, pois havia o morro. Havia também uma ribanceira e o portão. Bianca subiu as escadas, abriu o portão, tornou a fechar e bateu à porta. Dona Ester veio com uma travessa grande cheia de inhambus temperados e inteiros. Estavam tão cheirosos: uma alegria! As perninhas dobradas, todos juntos, prontos para entrar no forno. No trajeto de volta, abriu o portão e deixou a travessa apoiada em um dos pilares que o sustentava. Quando foi pegá-la novamente, muito pesada para ela, a menor dos irmãos, a travessa escorregou de suas mãos e caiu na ribanceira, lá embaixo onde estavam os cães perdigueiros. Antes de atingir o chão, chocou-se contra um galho da romãzeira, sem fazer muito barulho, e saltaram inhambus para todos os lados. Os cães perdigueiros correram ávidos, comeram as pequeninas aves e saíram lambendo a travessa e os rastros do tempero.

Melhor seria morrer, pensou. Ficou quieta. Não disse a ninguém. Quando a mãe perguntou pelos inhambus, respondeu baixinho, quase um grunhido, que já estavam no forno. Não ouviu bem o que ela respondeu e foi para o quarto se deitar esperando o mundo acabar. Adormeceu. Acordou com a irmã chamando para o almoço. O pai estava alegre com a caçada e até puxou conversa com todos, perguntou sobre os boletins, sobre as brincadeiras, contou histórias antigas de quando ele era criança. Ele alegre era *tão* bacana, que foi se deixando envolver. Pensou que ele *jamais* iria brigar com ela. Foi quando perguntou à mãe sobre as cervejas e, olhando para Bianca, indagou sobre os inhambus.

— Eles saíram voando! – disse, eufórica, desatando uma risada desesperada.

Apesar de tudo Bianca era a caçulinha da família e depositária do carinho dos irmãos mais velhos e de um cuidado alinhavado por todos, de modo que, com exceção daquele muro cheio de rachaduras, quase não a deixavam cair.

Mas os adultos só lhe diziam o que fazer de última hora e nunca a consultavam a respeito. Dessa maneira soube que era época de férias de veraneio na Praia Nova e que não poderia levar sua boneca para a praia, norma que aceitou com reservas. Tentou contornar a situação explicando à Mariquinha da Silva, a boneca, com todo o cuidado, rogando-lhe para que não quisesse ir à praia com ela porque lá não era bom, porque lá só tinha peixe frito com tapioca. Esta conversa com Mariquinha da Silva deu o que falar entre os adultos, que se divertiam sem lhe comunicarem o motivo. Enquanto isso, as irmãs procuravam pelos maiôs, pelos chapéus, pelo guarda-sol, baldinhos, toalhas, tudo numa correria só, até acharem o maiô de bolinhas de Bianca.

E lá ia toda a família em um pequeno barco, aos solavancos, em direção à boca do Rio Grande; aos poucos, os solavancos suavizavam em pequenos sacolejos, até que terminasse a travessia. Chegando à outra margem, onde ficava a parte protegida da praia, reuniam-se numa casa alugada – no entender de Bianca, simplesmente para comer peixe frito com tapioca. Todo veraneio alugavam uma casa diferente, mas sempre localizada na parte fluvial da praia, onde havia um maravilhoso mercado de peixes e uma capelinha de alvenaria pintada de branco e azul. Tudo abrigado do vento, que era muito forte na parte oceânica, iniciada na margem esquerda da foz que dava para o norte. A parte mais movimentada era em torno do mercado e do trapiche, onde chegavam os barcos. A bem da verdade, os adultos iam para lá para descansar, tomar banho de sol e comer peixe frito com tapioca, mas iam também para ter conversas longas cujos temas sempre coincidiam com a política local, ou com os destinos da nação brasileira. À época, o governador do Estado e o presidente da República eram simpatizantes do partido comunista, ao qual seu tio Isaías pertencia. O tio Isaías era o polo de atração de amigos, correligionários e parentes próximos e distantes; não era o seu pai o centro das atenções, como em sua casa, mas era o velho trapiche onde os barcos ancoravam o que realmente importava a Bianca.

Solta e descalça na areia durinha e molhada de praia na manhã morna, ia desviando dos sargaços para ouvir o barulho da maré batendo nas pilastras do trapiche repletas de ostras e cirripédios, sentir os movimentos da água salobra, os cheiros que vinham do mercado de peixes, dos sargaços, experimentando sensações quase indescritíveis do mais puro prazer. Os sargaços se dispunham na praia como se fossem oferendas do mar, misteriosas cordas castanhas, vermelhas, pardacentas amontoadas na praia. Vez por outra encontrava o primo Paulo Eduardo, de mesma idade, e juntos se distanciavam um pouco para descobrir o manguezal e seu cheiro de sal apodrecido convidando a ouvir raízes, folhas, lama, o trabalho do caranguejo. Os dois priminhos se perdiam entre verdes, marrons, cinzas e pretos, procurando por pequenas conchinhas, desviando-se de monstros terríveis e até da areia movediça que imaginavam existir ali por perto. As mães recomendavam cuidado. Às segundas-feiras seu pai voltava de barco para a Capital, onde o trabalho o esperava. Nos finais de semana seguintes reencontrava todos na Praia Nova. Os veraneios duravam em torno de um mês. Todos voltavam relaxados e bronzeados para enfrentar o novo ano.

De volta para casa, Bianca reencontrava Mariquinha da Silva, sua querida boneca e única interlocutora, o que a instigava a desenvolver outras maneiras de lidar com a solidão e tristeza que chegavam com o barulho do mar. Esse barulho, incessante, a induziu a uma ideia de destino, de fatalidade. Ideia que a muito custo não prosperou durante a sua existência, embora a pequena Bianca visse uma certa inexorabilidade em tudo que a cercava. Por ser a filha caçula, e distar cerca de cinco anos da irmã mais próxima, não tinha com quem brincar. Para suportar a sua pouca existência, colava imagens de crianças sorrindo em um caderno de desenho, recortadas de revistas da coleção *Reader's Digest*, que seu pai assinava na época. Dava-lhes os nomes que apreciava: Natália, Carolina, Paula... Uma tática muito criativa para suprir de alegria uma menina ainda tão pequena. Bem mais adiante na vida, Bianca retomou a atividade da colagem com uma perspectiva artística.

Estas lembranças vêm, esparsas, enquanto fala com o editor do livro. Na mão direita um lápis rola entre o indicador e o dedo médio. Antes de continuar a conversa, coloca o lápis sobre a escrivaninha, pega um copo com água natural, dá dois goles.

— ...Você acha que devo mesmo abordar o tema da loucura?

— Sim, foi o acertado no contrato... Uma ficção interessante...

Durante a semana era comum irem à praia em frente à casa, normalmente deserta, não recomendável para o banho devido às muitas pedras, mas Bianca apanhava o sal do oceano que batia nas pedras olhando para as gotas do mar explodindo, a espuma alva, a mãe as esperando, se podia. Quando não podia, Bianca apanhava a argila alvacenta presa nos barrancos, fazia bonecos, inventava. Sua irmã Teresa estava sempre puxando-a para perto de si, cuidando, alimentando, vestindo, banhando, criando Bianca na ausência da mãe. Teresa, que amava seu pai, que amava sua mãe, que amava Teresa. Teresa, que tocava piano de ouvido, sabia cozinhar e sorria cativante para os cavalheiros. Seu pai foi o primeiro, a proibia de namorar. O segundo foi seu irmão; o terceiro, a quem Teresa deu a mão, nada entendeu de tanta vida, tanta beleza, tanta exuberância. O amor de Bianca por Teresa ultrapassou os limites do tempo. Nos dias frios dos meses chuvosos, era ela quem fechava as janelas e portas e buscava os cobertores, tentando proteger a todos. A maresia impregnava a casa toda, o chão da casa, os vidros das janelas. A ferrugem carcomia o portão, os eletrodomésticos. A casa parecia um barco à deriva. Era quando a tristeza se mostrava por inteiro. Um oco ia crescendo dentro das irmãs até sumir em travesseiros que voavam pela casa, todas chafurdando debaixo dos cobertores; a alegria voltava porque eram crianças, um bicho fácil de se alegrar.

Guilherme tocava violão. Os sons percorriam docemente as varandas da tarde. Pausas e sustenidos arredondavam o ar numa esfera macia. O pensamento, inquieto artesão, compunha na memória harmonias, ritmos, canções... Era o xodó da sua mãe, que estava sempre a lhe fazer elogios. Bianca definitivamente não apreciava esta situação, e para demonstrar o seu descontentamento arquitetou um plano. Escondeu-se debaixo do piano no espaço entre os pedais e a capa de linho amarelo pardo que o cobria, esperando a hora do irmão chegar em casa. Não demorou muito, o irmão chegou, e imediatamente Bianca disparou, de onde estava, os elogios costumeiros que sua mãe fazia ao irmão e rival, acrescentando um tom sarcástico. Foi uma risada generalizada entre os adultos. Levantaram a capa do piano e descobriram Bianca a dona da voz elogiosa que arranjou um jeito gracioso de se expressar. O piano também era usado por Teresa e por Concepción, que tentavam, em vão, ensiná-la a tocar. Quando desafinava, vez por outra, Coriolano descia de uma nuvem macia, algodoada, com suas ferramentas. Pousava quase sem ruído na sala de estar da sua casa. Concepcíon sorria e explicava: o piano está rouco, não atende aos meus dedos. Coriolano entendia. Percutindo o ébano e o marfim, ele auscultava o piano como o médico ao paciente, depois, desdobrava o móvel e ia apertando e vibrando as cordas malsãs.

Bianca lembra também dos natais passados na casa da Cândido Rondon, quando o pai trazia uma cesta contendo gostosuras, vinho, champanhe, nozes, castanhas do Pará envoltas em um papel celofane vermelho, gostosuras as quais não estavam habituados a desfrutar no dia a dia. A árvore de Natal armada e enfeitada com a sua participação, as lâmpadas coloridas piscando alternadamente criavam um clima amistoso em seu coração. Para ela, seu pai era o guardião do rei das histórias de fadas e rainhas. Ele sempre chegava trazendo mantimentos e notícias. Preparava as armas, adestrava os cães, eram tempos de paz, mas havia perigo. O pai abatia aves no voo, os cães eram seus cúmplices. Ele os ensinava a caçar jogando uma bola de penas pelo ar, um pássaro fictício que os cães reconheciam. Fazia seus próprios cartuchos, pólvora, feltro, tudo cuidadosamente ajustado, lacrado. Com suas armas, seus cães, ele saía pelos campos indomável, um lindo servo do rei.

Depois desses registros, é como se a casa da rua Cândido Rondon, onde morava com as irmãs, com o irmão primogênito, com os pais, com a boneca Mariquinha da Silva e seus brinquedos, desenhos e colagens, juntamente com a casa da Praia Nova, houvesse desaparecido do mapa, ou nunca tivesse existido.

Sumiram todas as suas referências afetivas, tudo que lhe era próprio. Sem explicações, passaram a levá-la para a casa do tio Isaías, no centro da cidade, a pretexto de brincar com o primo Paulo Eduardo. Estava sempre emprestada na casa deles, ou na casa de alguém que não conhecia, sem saber onde se encontravam os pais e os irmãos. Todos os dias era a mesma dor. Como um filhote desgarrado, Bianca esperava ansiosa pela hora de se juntar novamente ao rebanho. Eles sempre demoravam a chegar e nada diziam quando chegavam. Na maioria das vezes já estava dormindo quando vinham buscá-la. Não lembra de ter sido abraçada ou de lhe fazerem um carinho para amenizar a dor da separação, com exceção da irmã Teresa, que sempre tinha um colinho reservado para ela. Bianca foi se tornando uma menina forte, resistente, explicativa e impunha limites ao sofrimento. Enquanto o rebanho não vinha, ela e Paulo Eduardo se tornaram unha e carne, sempre juntos, a ponto de Evinha, a outra amiguinha de Paulo Eduardo, desejar a sua morte. Tendo confessado o desejo doloso à mãe, este foi compartilhado com os outros adultos, que se divertiram um bocado às custas dos pequenos, sem que estes entendessem o porquê. Aos poucos, Bianca foi entendendo o seu novo lugar, que não era seu, mas do priminho, e foi aprendendo a se virar em situações de desvantagem.

Paulo Eduardo era o filhinho querido de titia, de tio Isaías e de Patide, a ama e governanta da casa. Era o dono do pedaço, um casarão com primeiro andar, jasmineiros no quintal e bambus chineses no muro da frente da casa enorme. Tinha a mesma idade de Bianca e muita imaginação. Estavam sempre lidando com situações perigosas. Aprenderam a andar de bicicleta juntos e inventaram uma espécie de uísque à base de xixi e cinzas de cigarros, para tentar enganar um coleguinha da vizinhança. Paulo Eduardo era *hard*, e Bianca, uma boa companheira. O resultado da invenção não poderia ter sido outro: a mãe do menino que, provavelmente, havia experimentado o falso uísque, veio fazer queixa à sua tia enquanto ela e o priminho escondiam-se feito um raio. Salvava-se quem pudesse! A sorte é que o casarão era cheio de esconderijos perfeitos. Bianca se escondeu no quintal perto de um jasmineiro que apreciava em particular, ficou cheirando os jasmins até se esquecer do mundo. Também apreciava a dispensa cheia de doces e compotas, ocupando o espaço debaixo da escada que levava ao segundo andar. O casarão do titio era mesmo deslumbrante, cada canto tinha um encanto… E agora não mais ouvia a voz estridente da vizinha… A essa altura, Paulo Eduardo também já deveria ter esquecido do motivo da fuga e esquecido também de Bianca. Não lembrava de tê-lo visto mais até o fim do dia, quando alguém que não lembra veio buscá-la. Bianca suportava essas indelicadezas com bravura. Sua amizade com o priminho era tão forte que os adultos a respeitavam. Já maiorzinha, entendeu que o tio Isaías era um homem importante, pois a casa por onde circulavam, contentes, estava sempre aberta e cheia de gente conversando em torno de uma mesa enorme. Seu tio era vice-prefeito da Capital quando o prefeito era Alexandre Magno, também membro do partido comunista. Havia um telefone ligando sua residência diretamente à prefeitura, o que, para Bianca, era um misterioso símbolo do seu prestígio. Sim, aquele objeto mágico, com o qual se podia conversar através de um fio, era a prova cabal e definitiva da importância do seu tio. Vez por outra Bianca saía com o priminho para parques de diversões, exposições e outros lugares interessantes, sendo sempre muito bem tratada por estar junto ao tio Isaías. O primeiro filme ela assistiu com o priminho, levada também pelo tio Isaías e por sua tia Laurinda. Era um homem simpático e generoso, atraía as pessoas facilmente. Certo dia ele lhe pediu: "Bianca, querida, traga o meu suéter, por favor, está no andar de cima". Ficou espantada dele sabê-la ali por perto e muito orgulhosa com a tarefa recebida. Subiu as escadas tentando adivinhar o que era um suéter. Trouxe a primeira coisa que encontrou sobre uma cadeira, e, bingo! era o suéter; o tio Isaías agradeceu. Essa foi a única conversa que lembra ter havido entre ela e o seu tio importante. A sua importância estendia-se a todos os parentes e amigos e de quem dele se aproximava. Era uma aura inexplicável que se materializava a cada sorriso, a cada aperto de mão. Essa breve conversa encheu Bianca de prestígio, o suficiente para se saber reconhecida por ele, o tio Isaías, ela era sua sobrinha! Se sentiu mais importante até do que durante a campanha eleitoral, quando repetia feliz o slogan "De pé no chão também se aprende a ler", referente ao projeto educacional do prefeito Alexandre Magno, fundamentado no método de alfabetização desenvolvido por um renomado educador. Estava acontecendo uma mudança para melhor na Capital, no campo da educação e em outros campos, durante o período em que Alexandre Magno foi prefeito. Sopravam novos ventos no país, havia a construção de Brasília, a nova capital, o país estava se desenvolvendo.

No ano seguinte aconteceu um golpe militar, quando houve uma mudança dramática no país, como um todo, e na política do estado, em particular. Seu tio Isaías, o prefeito Alexandre Magno e o governador do estado tiveram os mandatos cassados e uma transformação brusca aconteceu em suas vidas, e na vida dos seus familiares, incluindo a vida do priminho Paulo Eduardo, que viajou para longe, deixando-a sem a sua companhia. Talvez esta tenha sido a sua primeira morte, a vida divertida que levava junto ao priminho acabou, voltaria para o limbo, de onde tolamente pensava ter saído. Sua vida era assim, as mudanças aconteciam e ninguém as explicava. Na sua pequena família ninguém conversava, mas Bianca tentava entender o que acontecia. Uma criança aprende as palavras que escuta, mesmo quando raras. Além das palavras, Bianca apreendia as atitudes dos adultos e o grau de coerência entre palavras e atitudes. Usou essa capacidade, perceber o outro, ao máximo, e foi aprimorando-a no decorrer da vida para se mover no mundo e para se proteger.

Muito tempo depois, seu pai confessou-lhe que não havia sido preso nesta ocasião porque nas reuniões do partido, as quais também frequentava, não assinava a lista de presença. Sua militância era mais discreta e antiga que a do seu tio Isaías. Era um homem calejado e tinha uma família para cuidar. Em 1935 havia participado da Intentona Comunista. Já havia sido preso por dois anos. Bianca dizia isto se gabando para as amiguinhas do colégio que não entendiam a *importância* de se ter um pai preso... Ela sabia que o pai não tinha sido um preso comum, embora ninguém a tivesse dito, ou comentado a respeito.

Cróo, cróo... cró... O pai de Bianca contou-lhe, nas raríssimas vezes em que conversaram, que viu a bala destinada a ele atingir uma galinha que passeava pela trincheira improvisada pelos comunistas em frente ao Palácio do Governo do Estado. Por pouco ele não morreu. Permaneceu na trincheira, atirando e se desviando das balas, e horas depois ele e os colegas revolucionários avançaram, entraram no Palácio e depuseram o governador e seus assessores. O estado do Rio Grande tornou-se o primeiro e único estado comunista da federação. Começou um alvoroço no centro da Capital: a notícia de que o capital estrangeiro não dominava mais o país, e a classe trabalhadora, enfim, estava livre do jugo imperialista, espalhou-se com o vento. Os cidadãos locais entenderam rapidamente que não passariam mais fome e se dirigiram ao mercado do bairro de Petrópolis armados com pés de cabra, saqueando quase todo o comércio da cidade. Pressentindo que o novo governo não duraria muito, todos se fecharam em suas casas, deixando os revoltosos à mercê das tropas federais.

O pai de Bianca era uma revolta só, desde menino, quando levava surras homéricas do seu pai, o avô de Bianca, no engenho de cana-de-açúcar em Pernambuco, até se filiar ao partido comunista nacional. Nesse intervalo, fez muita coisa: entrou para o exército em Recife, onde foi cabo telegrafista da 10ª brigada de Infantaria. Lutou durante a revolução constitucionalista de 1932, que pretendia derrubar a ditadura de Germano Matias. Inicialmente a luta era contra as tropas do ditador Germano Matias; entretanto, no campo de batalha, seu comandante veio a aderir à causa constitucionalista, tendo todos os revoltosos obtido, como punição, dois anos de prisão na casa de detenção da Capital. Enganou-se, entretanto, quem pensou que seu pai ficaria ocioso na cadeia. Abelardo Trigueiro, seu companheiro de cela, que veio a ser o secretário-geral do partido comunista, encarregou-se de transmutar sua revolta. Seu pai tinha agora um inimigo palpável e gigantesco: o capitalismo. Naquele 23 de novembro de 1935 não teve tempo de pensar em nada quando a galinha caiu morta, apenas seguir atirando até ser rendido pelas tropas de Germano Matias e expulso do exército. Mas quando isto aconteceu já havia se dado o flerte com a mãe de Bianca, e mesmo voltando para Recife, seu coração estava tomado de amores pela bela capitalense de olhos azuis, de apenas treze anos de idade, que o esperou durante sete anos para se casarem.

Sua mãe, Francisca Natividade, faleceu quando ele ainda era menino. O pai, de nome Alberto, era descendente da primeira leva de holandeses que vieram junto com Maurício de Nassau para as terras de Pernambuco. O avô Eduardo, casado com Sinhá, fixou-se em Palmares à época da escravidão. Era um homem rico e generoso que fazia festejos nos engenhos para animar a todos na senzala, embora fosse casado com uma mulher cruel que perdeu um dos dedos da mão direita ao açoitar uma escrava com uma mordaça de ferro na boca. João Natividade, quando menino, fugia da casa grande onde morava com a madrasta e as meias-irmãs, e soltava-se pelos engenhos, vendo a feitura do açúcar e do mel, as relações humanas herdadas da escravidão. E apanhava muito por isto. Quando completou a idade de entrar para o exército, ele mesmo foi ao cartório e registrou-se com o nome da mãe, continuando assim a linhagem dos Natividade. Depois de participar da Intentona e de ser expulso do exército, voltou a Recife, tornando-se então um ativo militante comunista até se casar com a mãe de Bianca e morar definitivamente na Capital.

No exato dia do golpe militar, após fechar a *fábrica*, João Natividade ficou atento às notícias do rádio. Sabia que corria o risco de ser novamente preso, embora o seu nome não constasse na lista das reuniões do partido. Doca, o vizinho, acompanhava tudo com atenção. Eles sabiam o que estava se passando. Bianca adivinhava que algo de muito grave estava acontecendo para ficarem reunidos no batente da casa até alta madrugada, Achou-se uma pessoa importante por terem-na permitido ficar acordada até mais tarde fazendo companhia ao pai, e porque àquela altura ela e seu pai já eram realmente camaradas. Nos dias seguintes a *fábrica* funcionou normalmente. O tio Isaías teve os seus direitos civis cassados pelo ato número um do comando supremo da revolução, não podendo mais exercer a função de vice-prefeito, nem de advogado, nem de militar, não podia trabalhar e, para não ser preso, viajou às pressas para o Rio de Janeiro, onde ficou "hospedado" em um escritório de um amigo do partido, situado no centro da cidade. A tia Laurinda e o primo Paulo Eduardo não foram com ele, ficaram na Capital. Patide, a governanta, arranjou um emprego na casa de uma família amiga que morava na Tijuca e se mudou para lá. O casarão com os bambus chineses estava em silêncio, os amigos sumiram todos. A mesa enorme onde o tio Isaías se reunia com os correligionários estava com as cadeiras vazias. Bianca viu soldados armados de fuzis entrarem no quarto da tia Laurinda, revirando gavetas. Esta foi a última vez que viu o priminho Paulo Eduardo em sua casa.

O país passava por uma crise institucional com a implantação de um governo militar, asfixia do poder do legislativo e perseguição aos comunistas, aos que pensavam um futuro democrático para o país. A família de Bianca vivenciou ao seu modo esta crise.

Acabaram-se as tardes de brincadeiras e invenções na casa do priminho. Entrara no curso primário do Colégio Máximo. Já podia transitar em um espaço muito maior do que o do jardim da infância, que ficava em um prédio anexo ao colégio. Tudo era novo para Bianca, até o pânico de esbarrar com os meninos maiores correndo pelos amplos corredores. No meio das novidades, percebeu que as mãos estavam mais magras, não havia mais aquelas barroquinhas entre os dedinhos das mãos, estava crescendo, perdendo algo que não sabia avaliar, talvez o carinho espontâneo das pessoas com ela... De todo o curso primário ficou apenas o registro de ter desfilado vestida de bailarina na abertura de uma olimpíada interna do colégio, se sentindo muito pouco à vontade no maiô de veludo preto com lantejoulas coloridas que a professora arranjou emprestado para ela. A professora tanto a incentivou mostrando-lhe o maiô de veludo preto com lantejoulas coloridas que Bianca ficou fascinada pelas lantejoulas, com a possibilidade de ser uma bailarina, e sua imaginação fez o resto. Pegou emprestado o sorriso largo, cheio de simpatia, de Mara, sua coleguinha de turma, e desfilou. Bianca era coquete. Mas se achou um pouco estranha com aquela roupa arranjada e o falso sorriso. A professora que se chamava Tércia, em outra ocasião, também a colocou para cantar uma música de Roberto Carlos na solenidade de encerramento do ano letivo. Nada mais ficou registrado desse período, a não ser o receio de voltar para casa, onde não havia ninguém a esperá-la. Justamente por isto, foram todos morar vizinhos ao trabalho do pai, no bairro da Cidade Alta; desse modo, ele lhes daria certa atenção, uma cobertura, na linguagem militar. O pai de Bianca improvisou, literalmente, o espaço de dois enormes galpões da *fábrica* para que morassem neles. Aos poucos foi erguendo as paredes da nova casa, separando salas, quartos, cozinha, mas, por mais que fizesse, não deixavam de ser dois galpões ligados à *fábrica*. Os cachorros perdigueiros agora ficavam presos num pequeno corredor entre a *casa* e a *fábrica*, perto dos ácidos, por onde só ele transitava. O pai delirava a frio e os filhos o ouviam – temendo desfazer suas elaborações sobre o que quer que fosse, e levar uma bronca, ou temendo desmoronar o seu mundo, que era também o deles. A sensação de que tudo estava prestes a desmoronar, desaparecer, foi uma constante durante a moradia na casa-galpão, quando revelou-se em Bianca a estranheza que até então guardava no fundo de si. Aquela casa a expunha cruelmente, de tal forma que Bianca foi aos poucos perdendo a vontade de se expressar verbalmente, como se tivesse engolido todas as palavras que sabia até então, e que eram muitas, para se tornar uma menina introspectiva e silenciosa.

Em sua cabeça o tio Isaías estava no Rio de Janeiro, por isso Bianca não entendeu quando ele apareceu na casa-galpão durante a noite. Como ninguém lhe explicava nada mesmo, não adiantava nada perguntar. Bianca não atinou que ele estava escondido em sua casa, esperando que houvesse outro desfecho para o golpe que não a ditadura militar. Para ele, a situação político-militar do país ainda estava indefinida. O prefeito Alexandre Magno se exilou com a família em Montevidéu. Junto a outros camaradas que também haviam se exilado no Uruguai, tentavam convencer Isaías a sair do país com a família o mais breve possível, mas ele ficou acreditando que as coisas poderiam mudar. Como ele era militar, tinha informações de que havia desacordos na cúpula que tomou o poder, e assim ficou aguardando alguma reviravolta, que não aconteceu. Bianca não sabia onde estavam sua tia e seu priminho Paulo Eduardo. Durante as noites e madrugadas o tio Isaías permanecia acordado, olhando pelo janelão para os passantes noturnos, gente que vinha da Ribeira, bêbados, trabalhadores. Enquanto isso, os atos institucionais se sucediam suprimindo direitos e liberdades sendo difícil escapar do cerco que vinha se formando em torno dele. Foi preso na Capital e levado para Nova Jerusalém onde morreu na prisão. Todos ficaram muito abalados na família de Bianca. Pela reação dos adultos ela pôde ver que algo muito precioso havia se perdido. Quando diziam que o tio Isaías havia morrido e não voltaria nunca mais, Bianca entendeu o significado da palavra *irremediavelmente*, antes mesmo de conhecer a palavra. Bianca conhecia muitos significados complexos para uma criança de sete anos. Seu pai brincava com esta sua capacidade de se explicar, dizendo que ela já nascera com cinco anos... Ou seja, nascera falando, e com o tempo foi incorporando palavras ao vocabulário. A morte do tio João Isaías também afetou muitíssimo João Natividade, que viu perder-se o último rasgo de esperança que o mantinha na labuta para mudar a situação do país. A morte do cunhado o tornou definitivamente cético, derrotado. Viu os ideais comunistas de solidariedade, valores que o conduziram desde a juventude, darem lugar à prepotência, à força, ao silêncio. Até aqueles dias toda a sua luta, a sua participação no levante comunista, sua prisão, pareciam ter sido em vão, restava-lhe trabalhar e criar os filhos.

    Esses acontecimentos lhe pareceram todos muito próximos. A perda do priminho e único interlocutor, a morte do tio Isaías e as ausências esparsas da mãe deixaram-na muito abalada. Mas a vida prosseguia nua e crua para a menina Bianca, e, para equilibrar a balança do humor, que tristeza tem limite, fez duas ótimas amizades com as sobrinhas de um vizinho muito conhecido na cidade e pessoa muito animada. Através deles conheceu os festejos de Momo. Em um certo carnaval, teve contato com a alegria genuína e sua dimensão estética. Era uma terça-feira gorda, Bianca estava brincando na casa das novas amiguinhas quando chegou um casal, muito bem-vestido de Pierrô e Colombina, para uma visita carnavalesca. À época, na Capital, eram comuns blocos carnavalescos visitarem as residências. As visitas eram acordadas previamente e os integrantes eram recebidos com muita cerveja, refrigerantes e comidinhas para que tocassem, dançassem e animassem a festa. Mas Pierrô e Colombina fizeram uma visita surpresa, silenciosa. Com gestos corteses e teatrais se apresentaram tal qual o par de enamorados da Renascença. O tio das amiguinhas, um anfitrião curiosíssimo, entrou na brincadeira de adivinhar quem estava por trás daquelas belas fantasias. Bianca acompanhava tudo fascinada, a conversa regada a uísque e guaraná mais parecia uma partida de xadrez: à medida que o jogo prosseguia, tudo ia se tornando ainda mais interessante. O par de enamorados belamente fantasiados dava pistas, comentando sobre gostos e lembranças partilhadas com o anfitrião, mas insuficientes para revelar suas identidades. Sem saber, estava experimentando o fascínio do teatro, da fantasia levada a sério. O cheiro do lança-perfume deixava a todos embriagados. Bianca não saberia dizer quanto tempo durou a visita, talvez uns minutos, talvez uma eternidade.

Ao som de marchinhas, em meio a confetes e serpentinas, o par amoroso se foi deixando um rastro de mistério, alegria e encantamento. A partir daí Bianca passou a frequentar as matinês do América Futebol Clube com as amiguinhas, mas não durou muito a amizade. O pai delas foi transferido para Brasília, a nova capital do país, e tiveram que se separar.

A prefeitura iluminava a Avenida Deodoro e outras ruas transversais na Cidade Alta para a passagem dos blocos carnavalescos. Bianca estava morando numa dessas transversais, acompanhava de perto os preparativos da festa com animação, desde a construção do palanque à ornamentação das ruas. Passava os dias que antecediam o desfile entre serragens de madeira, pedaços de plásticos retângulos coloridos que iam aos poucos compondo pierrôs, palhaços, que enfeitariam a avenida por onde passariam os blocos. Usufruindo da liberdade de andar diretamente sobre os paralelepípedos das ruas Apodi e Deodoro com o trânsito interrompido para automóveis, Bianca se divertia. À noite voltava para ver o desfile dos blocos e passear na avenida Deodoro de máscara, segurando uma bexiga d'água, sentindo um enorme frisson; ia às vezes com seu pai, às vezes com as irmãs. Se por um lado se ressentia de um cuidado dos adultos com ela, por outro lado, foi aprendendo a se lançar, a enfrentar e ver o mundo. As matinês no América Futebol Clube passaram a ser um hábito extensivo às irmãs de Bianca nos carnavais que se seguiram, por serem muito divertidas. Não se recorda quem a levava, talvez sua irmã Inez. A brava Bianca via as mesas ao redor do salão com a gente chique da cidade, que, ao seu entendimento, não eram feitas do mesmo material de seu pai, João Natividade. Chegando ao clube, ainda do lado de fora, ao ouvir o som da banda tocando marchinhas, sentia um frisson que a convidava a entrar. Lá dentro, em pouco tempo encontrava as amiguinhas do colégio, e juntas pulavam a tarde inteira no salão. Bem no fundo da sua alegria havia uma tristeza de rês desgarrada.

As festas de Momo se davam em época de final de férias, no início do ano, depois da temporada de praia, mas agora que tinham se mudado para a Cidade Alta havia um problema. A casa-galpão ficava um pouco distante da praia de Areia Preta, onde costumavam ir, mas terminavam por fazer o percurso a pé ou de carona com o pai. Ficavam em um lugar onde o banho era ótimo. Lá era o *point* dos jovens que queriam paquerar, mostrar os corpos bronzeados durante o verão. Bianca, ainda uma menina, se divertia tomando banho de mar e pegando onda deitada em uma prancha de isopor. Ela pôde entrar no mar, enfrentar a água verde sem dar pé, mergulhar na base da onda alta sem saber o que aconteceria, e aí rolava um mergulho tão perfeito que ajeitava os cabelos de um jeito... Às vezes o mar não parava, as ondas mexiam, levando-a às pancadas até a rasa espuma. Já no rasinho, depois de levar muitos caldos, emergia um bichinho de areia, desorientado com as brincadeiras de Iemanjá. Tudo isso se passava enquanto sua irmã tomava banho de sol e conversava com a patota de amigos que marcavam de se encontrar logo mais à tardinha no América Futebol Clube. Mas o carnaval só durava três dias... Talvez para ocupar os outros dias, o pai, sempre atento, lhe deu uma bicicleta. Ora, com uma bicicleta e sabendo o que era a alegria, começou uma nova etapa em sua vida!

A infância de Bianca prosseguia, e Bianca seguia indagando por sua infância. Sentia-se precoce, como se tivesse pulado esta etapa da sua vida, e assim, meio diferente, ia vivendo. No novo bairro corria uma história que pelas proximidades existia uma viúva que matava crianças, atraindo-as com docinhos. Os alfenins eram colocados dentro de um prato de porcelana, em cima do muro alto de alvenaria que limitava a casa misteriosa da rua. Feitos de açúcar refinado, eram branquinhos... Uma gostosura em forma de bonecos e bichos. Excitadas, as crianças iam em grupo, cochichando umas com as outras, até em frente à casa da viúva. Chegando lá, faziam uma escada, umas subindo nos ombros das outras, até alcançarem os doces. Dividiam tudo rapidamente e corriam para casa, meio mortas de medo. Reza a lenda que, por trás daquele muro, a viúva gostava de atrair meninos e meninas para matá-los. Ninguém nunca a viu, mas sua fama corria pelos bairros da cidade de Natal e os docinhos estavam sempre lá.

Atrás do muro havia um jardim grande, quase quadrado, coberto por uma grama bem aparada e estátuas de crianças feitas em calcário, dispostas aleatoriamente. Segundo a lenda, a viúva erguia uma estátua para cada criança morta. Todo mundo queria desvendar o mistério, e embora a curiosidade fosse grande, ninguém ousava pular o muro alto e entrar.

Bianca morava perto, mas não era de andar em grupo com os meninos e meninas da rua, portanto, foi sozinha de bicicleta para ver de perto a casa da viúva. Encostou a bicicleta no muro e olhou para o jardim pelas grades do portão de ferro. Empurrou um pouco o portão que se abriu sem muito esforço. A curiosidade a levou na ponta dos pés para dentro do jardim. Foi hesitando, pisando o chão áspero, olhando as estátuas e rodeando os canteiros, depois a casa, até chegar ao quintal. Parou e ficou procurando vestígios das armas dos crimes. Um sapotizeiro repleto cobria o telhado da casa, sapotis apodrecendo pelo chão, duas pás encostadas no muro e o silêncio. Nada se mexia. As janelas estavam fechadas. Parecia que tudo na casa estava fechado. Bianca inclinou um pouco mais a cabeça e viu uma porta aberta... Seu coração acelerou, sentiu uma vontade enorme de sair correndo quando ouviu uma voz fina:

— Quer docinhos, menina?

— Não, obrigada, eu já ia saindo – respondeu, quase sem voz, pregada no chão de medo, embora não tenha visto ninguém.

— Como não quer docinhos? Você entrou aqui para isso, não foi? Chegue, aproxime-se. Como você se chama? – dizia a voz, quase em súplica.

— Bianca...

Num lance de olhos, viu um machado caído na grama e ouviu a voz de uma criança vinda de dentro da casa. Estava perdida, pensou. "Por que entrei aqui?! Bem que me avisaram, agora vou morrer com uma machadada na cabeça e não vou mais andar de bicicleta, não verei mais minha mãe." O gosto do arrependimento cresceu em sua boca, mas não esperou pela próxima frase. Usando toda a sua força, deu uma carreira até o portão, atrapalhando-se por uma eternidade, o abriu, pegou a bicicleta e saiu voando para sua casa. Contou tudo à mãe, de uma respirada só. Ela não acreditou na lenda da viúva e ainda ralhou com Bianca por ter entrado na casa sem ter sido chamada. E arrematou:

— Filha, prometa que não volta mais lá, por favor, prometa!!!

Uma semana depois, um burburinho circulava entre as crianças do bairro, informando que havia uma nova estátua no jardim da viúva e outra ainda inacabada. Não contou isto à sua mãe...

Bianca costumava andar de bicicleta pelas ladeiras da Capital entre os bairros da Ribeira e da Cidade Alta, onde morava. Por vezes ia até o Tirol, apreciando o relevo plano e as casas ricas, ou mudava a direção e seguia por Petrópolis, que adorava, por ser o bairro onde ficava o colégio em que estudava. Ia pedalando pelas calçadas com muito cuidado, ao atravessar as ruas, se dirigindo para lá. Ninguém sabia que ela estava ali bem em frente ao colégio onde estivera há pouco com as irmãs. Uma sensação estranha tomou conta de si ao ver como eram altos os muros por fora. Percebeu uma dimensão que não conhecia, a tarde, quando tudo parecia mais lento. Ao mesmo tempo, era como se estivesse se vendo do lado de dentro do prédio, estando ela mesma do lado de fora! Percebeu que nem tudo ali existia somente pela manhã enquanto corria com colegas na hora do recreio. Foi recuando com sua bicicleta pelas ruas largas de Petrópolis, assustada com sua liberdade e solidão. Voltou para casa, a mãe a esperava como sempre, sem aparentar curiosidade ou preocupação. Sentiu-se desamparada, diferente, talvez houvesse algo de errado com ela, mas os pensamentos se dissiparam diante do prato de sopa de feijão fumegante sobre a mesa.

As crianças da vizinhança continuavam comendo os alfenins e balas de goma deixados em cima do muro, no prato de porcelana. Meninos pobres, destemidos ou desavisados, vindos de longe, entravam na casa na esperança de encontrar mais guloseimas. Alguns desistiam e saiam ilesos, dizendo ser mentira a lenda da viúva. Por vezes apareciam também mulheres desesperadas perguntando se alguém tinha visto seu filho, pelo amor de Deus, um menino assim, assim, mostrando em vão as fotografias. Depois de várias denúncias não terem dado nenhum resultado, os vizinhos já não se importavam mais ou preferiam calar convencidos de que a polícia era proibida de investigar a viúva por esta ter sido casada com um homem rico de uma família influente, mas nada se sabia de concreto, e nem mesmo os moradores mais antigos chegaram a ver o marido rico da viúva. Era um mistério que rondava a casa amarela de muros altos e portões de ferro.

Não resistindo à curiosidade, Bianca foi verificar o número real de estátuas da casa da viúva, se havia surgido alguma estátua nova como alegavam os meninos da rua. Desta vez não chamou Ivo, seu amiguinho que passou a acompanhá-la nos passeios de bicicleta; ele não acreditava nessa história. Tinha muita gente que não acreditava. Também não levou a bicicleta, foi andando pelos quarteirões e repetindo baixinho: "Trinta e três... Trinta e três", o número de estátuas que contou da última vez em que esteve no jardim da viúva. Entrou sem fazer barulho, sentou-se num banco de cimento, contando as estátuas. Uma, duas... Trinta e três, trinta e... De repente, foi interrompida por uma voz fina e doce como os alfenins.

— Quem está aí, é a encantadora Bianca?

Bianca olhou para a estátua incompleta e sentiu um frio na espinha. Olhou na direção da voz, esperando algo muito feio e assustador, mas viu uma velhinha sorrindo, sentada numa cadeira de balanço, convidando-a a aproximar-se. Dessa vez o medo passou. Respondeu que era Bianca, sim, e que já havia estado lá uma outra vez. Fez menção de chegar mais perto da velha, mas escorregou e caiu num buraco de quase três metros de profundidade.

A cadeira de balanço rangeu lenta e compassadamente.

Para sua sorte, naquela tarde Ivo também decidiu, por sua conta e risco, contar as estátuas da casa da viúva, para acabar de vez com a ilusão de Bianca de que havia uma estátua nova, e para provar a si mesmo que tinha tanta coragem quanto a amiguinha. Sem ver sua bicicleta encostada no muro, certificou-se que não estaria por perto e prosseguiu em sua empreitada. Entrou mais uma vez sem fazer ruído e começou a contar: trinta e três, trinta e quatro! Sim, havia uma estátua a mais no jardim da viúva. Olhou o entorno e reparou na estátua incompleta. Dominado pela curiosidade, avançou mais e mais no terreno e de repente caiu no buraco enorme onde estava Bianca, perdendo os sentidos.

A cadeira de balanço tornou a ranger.

Ivo acordou, fez menção de dizer alguma coisa, mas Bianca fez um gesto para se manterem em silêncio.

Sussurrou pedindo para ele se abaixar enquanto subia em seus ombros, os dois se equilibrando em pé. Com muito esforço, alcançou uma borda firme do buraco e, num impulso, conseguiu sair. Fazendo mímicas comunicou que iria procurar uma escada e voltaria já; voltou desesperada, sem a escada. Ivo sussurrou para ela quebrar um galho do sapotizeiro. Sabendo que os galhos mais finos ficam lá em cima, subiu na árvore, quebrou um e levou até o buraco. Neste momento o portão grande se abriu, entrando uma kombi. Se escondeu atrás de um dos bancos de cimento do jardim. Dois homens entraram pelos fundos sem os verem. Ivo já estava quase saindo, com os pés fincados na parede do buraco, apoiado por uma das mãos na lateral e com a mão direita no galho do sapotizeiro, quando Bianca o puxou com todas as suas forças, retirando-o de lá. Saíram da casa da viúva correndo, tremendo dos pés à cabeça, todos sujos de barro. Contaram toda a aventura à mãe de Bianca, que dessa vez prometeu tomar uma atitude séria: daria queixa à polícia... Enquanto isso, o sol caía sobre o Rio Grande e a lenda da viúva continuava se espalhando.

Durante a fase em que moravam na Cidade Alta, Bianca fez outras amizades, além de Ivo e das amiguinhas que se foram para a nova capital. Tinha uma turminha de meninas da sua idade que moravam perto, uma delas chamava-se Fabiana. Fabiana tinha um ar de todos os mistérios. Ela era a menina mais rica das redondezas. Os cabelos loiros, encaracolados, e as pernas longas como as de um bezerro. Sua casa parecia um castelo, mas não era um castelo. O seu quarto era grande e repleto de bonecas de todos os tipos e tamanhos, e no centro ficava sua cama, para a qual olhavam da porta, com todos os cuidados e guardando certa distância. Entravam na casa pelos cantos, se sentindo como peixes fora d'água. Mas, crianças que eram, e curiosas, encostavam-se no banco do jardim de Fabiana, comiam o lanche da casa de Fabiana e até almoçavam na casa de Fabiana. Nas redondezas, corria uma história de que era filha adotiva. Contavam isto como se conta um pecado, ou um crime, e todas as vezes que viam dona Amália, sua "mãe", pensavam na história. Outras vezes corria o boato de que sua mãe verdadeira havia sido morta por seu pai, que tinha casado de novo com dona Amália. Mas nem sempre ou quase nunca isto as importava. A verdade é que Fabiana tinha um halo de mistério que as encantava e todas disputavam a sua amizade. É verdade, também, que ela gostava de medir forças com as amigas, talvez por saber das suspeitas que rondavam sobre sua família, e a força dela era estudar na melhor escola, morar numa mansão, ter mais bonecas... Todas as amigas gostariam de ser parentes de Fabiana, que tinha o mesmo sobrenome que Bianca, mas Fabiana botou um empecilho: o Natividade do nome dela era de Pernambuco. Bianca sabia que o seu nome também vinha de Pernambuco, mas não gostou da banca da coleguinha. Ficou furiosa. Em um outro dia, quando Fabiana foi à sua casa chamar para irem todas para a mansão, ela recusou. Foi a primeira relação que cortou voluntariamente, que não havia sido uma perda.

Só muito depois veio a compreender as lacunas no dia a dia da família, já que ninguém comentava nada sobre os acontecimentos brutais da época, ninguém conversava entre si. Veio a compreender o porquê desse pai a levar consigo para caçar sem uma roupa adequada, o porquê de terem mudado para a casa-galpão, o porquê de a deixarem emprestada na casa do primo Paulo Eduardo... O porquê de a deixarem solta no mundo, andando de bicicleta. É que sua mãe quase nunca estava em casa e não havia mais a casa do tio Isaías para deixarem-na por lá. Na verdade, seu pai segurava a onda da família como podia.

O pai de Bianca era muito engenhoso, fazia estantes de aço, placas comemorativas, portões de ferro e o que mais lhe encomendassem. Bianca atravessou muitas vezes o corredor que ligava a casa-galpão à *fábrica* onde ficavam os ácidos, dentro de bacias largas e rasas, expostos a céu aberto, nos quais banhavam as placas gravadas em cobre que ele produzia para a prefeitura. Ela ousava fazer este percurso, proibidíssimo dentre as coisas proibidas, sempre com muito cuidado para alcançar os outros galpões de pé direito altíssimo, cheios de tornos mecânicos, limalhas de ferro, graxas, um forno de altíssimas temperaturas usado para moldar o ferro, máquinas e alguns *operários* que juntos constituíam a *fábrica*. Bianca e as irmãs eram proibidas de ir até lá, mas o pai fazia vista grossa algumas vezes. Havia os desenhistas das letras e logomarcas a serem gravadas em placas previamente cobertas por uma espécie de cera preta, o que era feito usando cinzéis. Retiravam a camada de cera das partes que reagiriam quimicamente com os ácidos durante os banhos. Ao final, ficava uma placa de bronze ou de cobre com letras e emblemas em alto-relevo, ou o contrário, placa em alto-relevo e letras e logomarcas sulcadas em baixo-relevo, dependendo do gosto do freguês. Aprendeu a técnica sozinho, lendo a literatura especializada. Mais tarde Bianca veio a saber ser esta a técnica da água forte, usada por artistas como Rembrandt para fazer gravuras, no século XVII. Ser um patrão era um dilema para seu pai, homem de ideias comunistas, que nunca enriqueceu nem deixou de pagar em dia os *operários*. A *fábrica*, em realidade, produzia artesanalmente, e os operários não passavam de cinco homens rústicos. Bem mais tarde Bianca veio a achar um tanto estranho ele chamar os dois galpões de *fábrica*, sendo ele o industrial "explorador" da força de trabalho do proletariado, seus cinco empregados, sendo ao mesmo tempo o camarada simpatizante da classe proletária. Mas seu pai era um homem muito simples, e viveu um conflito real e ao mesmo tempo imaginário até o fim da vida. Na infância, por ser da casa grande, filho do dono do engenho que se indignava com as relações de trabalho herdadas da escravidão; na vida adulta, ao se casar com uma linda mulher pequeno-burguesa. Fantasias à parte, a verdade é que João Natividade sustentava a família com sua inteligência, suas habilidades e com muito trabalho.

Continuava fazendo o que aprendeu no exército: atirar. Como não havia mais nenhuma batalha propriamente dita, caçava os inhambus de pés amarelos, uma ave migratória que sabia exatamente onde encontrar. Levou Bianca algumas vezes pelas capoeiras, uma mata rala onde os inhambus se alocavam depois de uma longa trajetória, ele com a espingarda apontada para o chão, ela de short arranhando as pernas ao seu lado. À frente deles, um cão perdigueiro. Seguiam-no devagar, no rastro do inhambu, até o cão começar a farejar algo: era quando o pai armava a espingarda, seguindo-o mais rápido e de perto. Subitamente o cão parava como fosse uma estátua, uma patinha traseira levantada e outra apoiada no chão, o rabo duro. Ficavam os três imóveis, em silêncio absoluto, até que *prrrrrr*, um barulho ensurdecedor saía do mato e, pou!, o tiro. Tudo isso em questão de segundos. O pobre inhambu que fugira com seus pés amarelos pela capoeira até não mais poder, voara para escapar da perseguição do cão farejador de perdizes. O pai, já preparado para atirar, o abatera no voo, em sua tentativa de fuga. O cão perdigueiro sempre farejando buscava a ave, entregando-a ao pai, que a pendurava no cinturão de couro, dando biscoitos como recompensa. O cão saía feliz, dando voltas ao redor e balançando o rabo. O mundo do pai era muito vivo e interessante. Ele era um homem de ação. Sobre ele, sua mãe só dizia: "Minha filha, seu pai foi criado sem mãe, vivia solto no engenho...". Bianca foi compreendendo, aos poucos, o significado das palavras que sua mãe lhe dizia em forma de leve reclamação.

Bianca acompanhava e compreendia o comportamento do cão farejador. Ele era treinado dentro da casa-galpão desde pequeno para reconhecer o cheiro dos inhambus: o pai enchia uma meia velha com penas de perdiz, formando uma bola. Jogava a bola para o cãozinho pegar. Ele pegava, trazia e ganhava um biscoito. E assim o pai ensinava o cãozinho a reconhecer o cheiro da perdiz. Bianca costumava acompanhar os preparativos que antecediam a caçada. O seu pai fazendo os próprios cartuchos, enchendo-os com camadas de pólvora e feltro, tudo meticulosamente encaixado e selado com a ajuda de uma bigorna. Foram lições provavelmente aprendidas no exército.

Em uma dada época, o pai tornou-se representante de uma fábrica de tornos mecânicos da Capital. Por conta disso, iam muito, ele e Bianca, a Recife, onde se localizava a fábrica filial do Nordeste, cuja matriz ficava em São Paulo. Sem maiores explicações, como já sabemos, levava a filha caçula com ele na kombi, sem trocarem uma palavra por cerca de quatrocentos quilômetros, apenas olhando a paisagem. Bianca não se atrevia a perguntar sobre nada, apenas acompanhava o pai. Às vezes acontecia de ele deixá-la emprestada na casa de suas irmãs, as tias pernambucanas de Bianca, onde ela se sentia totalmente desconfortável, enquanto resolvia os seus negócios. Ao final da tarde, a pegava na casa das irmãs, e voltavam silenciosos para a Capital. O pai gostava de dirigir olhando as paisagens, imensas plantações de cana-de-açúcar, eucaliptos e restos da Mata Atlântica, as quais Bianca passou também a apreciar. Quando não estava viajando para Recife ou trabalhando, caçando ou degustando inhambus assados com cerveja, ia com a família passear de kombi e tomar sorvete em Parnamirim, uma cidade próxima à Capital. A volta sempre coincidia com o pôr do sol, para o qual convidava os filhos a contemplarem. Bianca achava que era a única criança no mundo cujo pai apreciava o pôr do sol.

Só muito depois veio a compreender o porquê desse pai a levar consigo para caçar sem uma roupa adequada. O porquê de terem mudado para a casa-galpão, o porquê de a deixarem emprestada na casa do primo Paulo

Eduardo... O porquê de a deixarem solta no mundo, andando de bicicleta. Das lacunas no dia a dia da família, já que ninguém conversava entre si. É que sua mãe quase nunca estava em casa e não havia mais a casa do tio Isaías para deixarem-na por lá. Na verdade, seu pai segurava a onda da família como podia.

Bianca relembrava: "*Havia uma mulher de cachos, um espelho onde a paz se refletia, um barulho de ondas lá fora. A mulher se encostava nas tardes, a olhar o mar, a adivinhar a direção dos ventos, tardes feitas de espera. Sua vida era cheia de sonhos, morávamos no mesmo sonho, junto a algas e espumas. Nós, etéreas, impossíveis. A bela estrangeira chegava intermitente como uma onda na praia, ela nunca se instalava, nunca ocupava a sala, a cadeira que eu lhe oferecia. Uma mulher sorrindo, insana, me olhando, sorrindo, brincando de roda com os dementes. Por que uma mulher ali, me olhando, sorrindo, enquanto eu a agredia, feroz, com o meu olhar? Enquanto eu a aniquilava, ali, dentro de mim? Eu a deixava em salas frias, entre loucos nus, me sorrindo perplexa com seu destino. E saía com o peito fendido, deixando nossa loucura trancada no calabouço*".

Certamente a mãe ainda estava um pouco dopada quando o médico comunicou sua alta. Por trás do sorriso apático havia um leve traço de alegria. Sim, no dia e hora marcados, foram buscá-la na kombi, como sempre faziam. O pai saltou, entrou no hospital, pegou as malas. Ela e os irmãos postaram-se, hesitantes, frente à silhueta quase imóvel da mãe. Para Bianca, ela era um modo de sentir, não era concreta, não tinha paredes, nem chão. Suas mãos não a alcançavam, mas o vento a trazia inteira, feito ar ela escapava. A louca Concepción abraçava o ramalhete de rosas, único refúgio de uma vida estranha e medonha. A dor comprimida em pílulas, eletrochoques, salas fechadas, portas que hesitavam para os que vinham buscá-la pelos corredores.

— Vamos, abracem a sua mãe! – dizia o pai, como se aquele fosse um momento de alguma alegria. As filhas que haviam entregado um buquê de rosas começavam a abraçá-la sem muita convicção. Bianca sentia uma alegria fraca, fraca, cheia de dor. Não concebia a sua mãe viver dentro daqueles muros... Não gostava. Já havia estado lá em ocasiões de visita, quando sua mãe a mostrou o hospital como se este fosse a sua própria casa, a apresentando às outras internas, que lhe pareciam seres de outro planeta, estranhos. Para Bianca, deveria ser proibido para uma criança como ela, com sua compreensão infantil, entrar em um hospital psiquiátrico procurando por sua mãe e achá-la brincando de roda no pátio com as outras internas... Foi um choque, ficou abismada com o que viu. Sua cabecinha não conseguia dar conta de tantas informações conflitantes. Quem era a mãe e quem era a filha? quem era a louca? Ela também brincava de roda no jardim da infância... Deveria ser proibido... Às vezes a mãe ia apenas se consultar com o seu psiquiatra, Bianca ia junto. Aproveitava a visita para levá-la por dentro do hospital. Iam reticentes pelos corredores procurando a trigésima porta, as carobinhas as seguindo curiosas, até chegarem à indigência. Sua mãe não era indigente, mas entendia a vida dos internos de baixa condição financeira e social. Sempre quando podia, levava roupas, cigarros, gomas de mascar, pastilhas de hortelã para internas nuas, amontoadas por trás de uma grade de ferro como animais perigosos, esquecidas de todos. Dir-se-ia que necessitadas de tudo, calor humano, roupas, agasalhos, um cigarro..., e do mais importante, a agarra do discernimento, aquela mínima ordenação dos pensamentos, da memória, sem a qual não se é nada, não se sabe de nada, não se quer nada, apenas um cigarro aceso que atravesse as grades e chegue até a boca. O cemitério dos vivos, como descrito por Lima Barreto. Este foi um grandessíssimo choque para a pequena Bianca. Mas neste dia subiram todos na kombi e foram para casa. No início, a mãe parecia alheia a tudo. Com o passar dos dias, ia se reconhecendo e reconhecendo aos pouquinhos a casa: o piano (as aulas que lhes daria), a máquina de costura, os bordados. Ia tomando pé dos acontecimentos, e a rotina da casa, se normalizando. Não abraçava muito os filhos, mas se deixava abraçar; estava feliz em voltar para casa.

Era sua mãe! Concepción! Tinha problemas de saúde e vivia ora internada, ora em casa, cuidando dos filhos. Bianca a percebia como algo impalpável, que às vezes nem existia, embora sempre a procurasse em todos os recantos de si. Os irmãos mais velhos a conheceram quando ainda era uma mulher organizada, dinâmica, com o firme propósito de despertar nos filhos o gosto pela música. Na primeira infância, Bianca pôde partilhar dessa imensa energia vital que anos de internação e medicamentos não conseguiram minar. Ela ainda era uma pessoa jovial e aberta para a vida. A experiência das internações parecia ter-lhe acrescentado humanidade, fazendo com que valorizasse os momentos de lucidez. A religião era sua ligação com a juventude feliz, o seu eixo; embora não frequentasse mais a igreja, a praticava em casa, rezando diariamente. Estar em casa junto aos filhos lhe era precioso. Fazia o possível para educá-los como fora educada. Bianca, por sua vez, estava sempre rondando-a e puxando conversa com ela. Essas demandas da filha caçula a instigavam a relembrar da infância e mocidade extraordinárias que tivera. Bianca a ouvia de tal modo fascinada que a enxergava tal qual a jovem feliz das fotografias, sendo a mãe uma senhora, já não tão feliz. Concepción falava com tanta admiração de João Capistrano e Maria Amélia que contagiava Bianca com uma felicidade que, dramaticamente, não mais existia, que desconhecia. Perdera-se em algum momento; perdera-se da mãe, dela e de todos da família. Talvez por isso, nas melhores conjunturas em que se reuniam, havia uma mistura de saudade e desesperança; não havia alegria. Bianca bem no fundo era uma menina tristíssima, e desconfiava que essa falta de alegria era um dos motivos pelos quais não quis nascer. Um outro motivo foi para não ver seu pai apresentar Concepción como uma pessoa doente. Bianca sabia que sua mãe não era doente, ela apenas alforriava os desvarios com palavras desconexas, soltava flores, farpas, a amados e desamores. Talvez por isto tenha trilhado mapas escuros, desviado da rota do tempo, encontrado ampolas, pessoas de branco, *neozine*, *amplictil*, *carbolithium*, eletrochoques. Das labaredas, via tudo. Concepción recusou-se a participar dessa alucinação coletiva chamada realidade. Lúcida passou o resto dos seus dias, quase em silêncio.

Forças ancestrais brotam da terra ao se dar o encantamento de Amélia por um homem de nome João Capistrano. Um encantamento forte, arrebatador e recíproco, que, em seu entendimento, provocou os ciúmes de uma horda de deuses vingativos e pagãos.

II

AMÉLIA TEM VINTE e três anos e é casada com um próspero empresário do bairro da Ribeira, na Capital. Mora com o marido na Tavares de Lira, na parte de cima do pequeno hotel onde também trabalham. Ela sempre valorizou seus conhecimentos de culinária, corte, costura e pequenos socorros. Lida pessoalmente com as camareiras e as cozinheiras do hotel, verificando se tudo está em perfeito estado para os hóspedes, fazendo ela mesma as comidas mais finas que são servidas durante as refeições e nos pequenos lanches. O marido cuida da recepção, dos pagamentos aos fornecedores e recebe os hóspedes. A Ribeira, com suas casas, casarios e sobrados, é praticamente o único bairro bem construído da Capital, pois, afora ele, pode-se ver apenas algumas novas construções nas partes mais altas da cidade, umas poucas vilas de pescadores e algumas casas de veraneio nas praias à margem direita do Rio Grande. As dunas de areias branquinhas e os ventos constantes predominam nos arredores da pequena cidade.

Há uma semana, se hospedou no hotel um homem alto, corpulento, de bigodes retorcidos e olhos azuis que impressionaram Amélia fortemente. Chegou da Suíça, onde foi tratar uma pneumonia, e estava voltando curado. Aos trinta anos, ainda não se casou, o que não é comum entre os homens de sua idade. É amigo do governador Alberto Maranhão, que lhe cedeu um intérprete para acompanhá-lo durante a sua estadia na Suíça, além de pagar-lhe todo o tratamento e passagens. Na viagem, experimentou um mundo totalmente novo, tanto no que se refere à natureza, pois conheceu os Alpes, a neve, o frio; quanto no que se refere à cultura, muito diferente e desenvolvida. Voltou mais corpulento do que quando saiu em viagem de navio com Adalberto, o intérprete que dominava perfeitamente o francês.

A discrição de Amélia, seus passos leves e miúdos, lhe permitem andar por todos os cômodos do hotel sem que ninguém perceba a sua presença. Inspeciona o quarto do novo hóspede quando este chega e pergunta a ela, polidamente, se poderia tomar um banho quente. Amélia lhe entrega uma toalha e vai providenciar água quente e fria, para que possa deixar o banho na temperatura desejada. Comenta que banhos muito quentes não são saudáveis. Num lance de olhos, ambos se repararam. João Capistrano ainda está se adaptando ao novo fuso horário. Deita-se um pouco enquanto aguarda o banho. O clima quente da Capital pede banhos frescos, mas, mesmo antes de ir para a Suíça, já os preferia quentes, quase despelando o corpo. Adormeceu. *O navio está a pleno vapor na água azul turquesa do oceano Atlântico Sul, olha para o horizonte e não vê nenhum sinal da sua terra...* Ouve alguém bater à porta, acorda de súbito e fica um tempo sem saber onde está. Mas foi só por um instante. Nascido no interior do estado, João Capistrano sempre morou em hotéis. Mas este em que está é o melhor deles. Tudo muito limpo e arrumado, sem falar na ótima comida e nos dos doces, biscoitinhos, alfenins e licores servidos nos lanches e após as refeições. Sem o rigor de horários e cuidados meramente profissionais dos médicos e enfermeiras suíços, João Capistrano se sente acolhido no Hotel Acari.

Amélia ouve as badaladas do relógio no salão de baixo e deixa o bordado sobre a cadeira de balanço: é tempo de cuidar do lanche da tarde. Às três horas, a mesa no meio do salão está repleta de pequenas iguarias, e os hóspedes conversam animadamente. Amélia pergunta a um por um o que gostariam de experimentar. Não é vaidosa. Seus vestidos discretos e muito parecidos uns aos outros mudam geralmente as golas ou os decotes, quase sempre suaves. Deixam ver somente os braços delicados e os tornozelos, sugerindo pernas bem torneadas. Muito discreto, João Capistrano olha para a cintura, os quadris e os seios, além do tornozelo à mostra. João Capistrano conta a um pequeno grupo de hóspedes sobre sua viagem à Europa, mas, por precaução, só menciona o tratamento na estância em Davos, na Suíça. Na realidade, ele esteve também em Portugal, França e Inglaterra, depois de terminado o tratamento.

— Em realidade, a tuberculose estava batendo à minha porta quando decidi ir à estância de tratamento, o que foi muito acertado, pois, em vez de progredir para a tuberculose, me curei da pneumonia.

— Muito acertado, doutor Capistrano. Essa doença não é para brincadeira, eu mesmo já vi três irem-se desta para outra por causa dela – comenta um dos presentes.

— Mas, me diga, doutor, o que é que essas montanhas, os Alpes, têm de melhor que a nossa brisa marinha para os vossos pulmões?

— Para falar a verdade, não sei. Dizem que o ar da montanha é mais ralo e mais seco do que o ar marinho.

— Secura por secura, o nosso sertão ganha de qualquer montanha, não é mesmo?

— É, sr. Antônio Almeida, são os mistérios da medicina. A verdade é que há gente de vários países se tratando por lá e muitos saem curados, enquanto no meu amado sertão ainda não vi um só caso de cura.

Amélia prestava atenção na conversa enquanto retirava a louça da mesa, sem olhar para a roda dos hóspedes. Terminado o serviço, subiu silenciosa para o seu quarto, no andar de cima. Retomou o bordado e, com os olhos fixos, fica pensando naquele homem, que deve conhecer mulheres mais bonitas e sofisticadas que aquelas que ela vê entrar no teatro Carlos Gomes quando passeia na praça em frente, com o marido. Muito bem-vestidas, acompanhadas por senhores muito educados, diferentes dos homens que conhece. João Capistrano é ainda mais bonito e educado do que aqueles senhores. Bernardo, o marido de Amélia, é um homem prático. Quando se casaram, já tinha o hotel, que era uma hospedaria, não tinha os pequenos lanches nem os serviços agora oferecidos. Conheceu Amélia num passeio de domingo na praça Augusto Severo, acompanhada da sua mãe, que gostou dele imediatamente, e mais até que a própria Amélia. Pouco tempo depois, estavam casados.

João Capistrano volta para o seu quarto no andar de cima do hotel Acari com a sensação leve de estar onde deveria. Vai ao banheiro comum, que ainda está aquecido e cheirando a jasmim. Provavelmente a sra. Amélia se banhou há pouco. Custa um pouco a dormir pensando no quão agradável está sendo a readaptação depois da viagem. Pensa que se reapresentará ao seu posto de fiscal de rendas no dia seguinte e, se tiver oportunidade, falará com o governador para lhe agradecer pela viagem e também entregar as caixas de charutos importados de Cuba que comprou na Suíça. *Amélia está de camisola, sentada em sua cama de solteiro com os cabelos soltos. Aproxima--se delicadamente e oferece a nuca para que beije. O cheiro suave do jasmim deixa-o um pouco tonto. Beijando suavemente a nuca, os ombros, segura com firmeza seus quadris e depois lhe amassa os seios pacientemente. Amélia desfaz-se das roupas e, em pé, como agora estão, abre-lhe as coxas.* Com a respiração acelerada, João Capistrano acorda, dá um soco no colchão para que ninguém ouça, tamanho era o silêncio que reina no hotel Acari. Na manhã seguinte está no salão esperando o café com Joaquim, um outro hóspede.

— Bom dia, sra. Amélia!

— Bom dia, sr. Joaquim! Bom dia, sr. João Capistrano! Dormiram bem?

— Como uma criança – responde Joaquim.

— Sim, senhora Amélia como uma criança – completa João Capistrano.

Amélia olha para o relógio sem deixar transparecer inquietação. Nunca conversou com João Capistrano. Tudo o que sabe dele se resume ao que ouve durante as refeições e aos comentários sobre as comidas ou sobre o tempo. É bem verdade que os jantares estão se prolongando, bem como as conversas entre os hóspedes. Ela percebe uma mudança na cor dos olhos de João Capistrano quando encontram com os seus, ou quando serve licores aos outros hóspedes. Passam de um azul-claro para cor de chumbo, inescrutáveis. Ela cuida para que seus banhos estejam na temperatura adequada, suas roupas limpas e bem passadas. Seus próprios banhos se tornam mais demorados e perfumados.

Naquele dia, João Capistrano chega mais cedo e sobe as escadas. O salão de refeições está vazio. Encontra Amélia no cimo da escada.

— Boa tarde, senhora Amélia! – Estarrecida, ela não consegue dizer uma palavra.

— A senhora Amélia está ocupada? – diz isto apertando a mão de Amélia contra o corrimão.

— Sim, o senhor deseja alguma coisa?

— É que não estou me sentindo muito bem, se for possível, gostaria de tomar um chá.

— Neste caso, eu mesma levarei algo para o senhor.

— Obrigado, eu agradeço.

Aflita, encostada no fogão a lenha com a água já borbulhando, Amélia repassa na memória o breve diálogo com João Capistrano. Ele apertara sua mão contra a dela, não havia dúvida quanto a isto, mas Amélia, muito cautelosa em seus pensamentos, foi mudando o foco até se ver entre potes com cascas e raízes medicinais tentando adivinhar o que seria apropriado para o hóspede.

João Capistrano está deitado na cama ainda de sapatos com um pano cobrindo os olhos para evitar o excesso de luz que vem da janela. Amélia entra sem fazer barulho. Tem nas mãos uma bandeja com um bule de água fervendo, uma bacia com uma toalha e algumas sementes. Fecha as cortinas da janela e, automaticamente, mistura água quente à água que já está na bacia, molhando a pequena toalha. Faz uma compressa que lhe coloca sobre os olhos.

Afrouxa-lhe o nó da gravata, retira-lhe os sapatos e pede-lhe para mastigar uma semente. Sai silenciosa. *Amélia entra, senta-se na beira da cama com os quadris macios encostados ao seu tórax. Com as mãos ainda aquecidas, começa a abrir-lhe os botões da camisa e a acariciar lhe o peito, sob um lençol que havia colocado sobre ele para protegê-lo. Foi descendo as mãos, afrouxa-lhe os suspensórios, até acariciar lhe o membro, demoradamente. Sem forças, João Capistrano adormece.* Acorda com o barulho dos hóspedes no salão de refeições, completamente curado do mal-estar. Olha a hora e vê que seria melhor juntar-se aos outros e experimentar as guloseimas do lanche. Depois sairá novamente, vestido como está, para visitar algum cliente. Antes mesmo de pegar o chapéu para sair, após o lanche, chega um senhor muito bem-vestido procurando por ele.

— Caro amigo Capistrano!

— Rafael, como estás?!

Abraçam-se longamente e João Capistrano convida-o a entrar no hotel para sentarem-se.

— Custei a achar este hotel, pensava que estavas ainda no Roseiral, e vim perguntando a um e a outro até te achar aqui muito bem instalado! Como foi a viagem?

— Foi muito boa. No que diz respeito à saúde, estou curado! No que diz respeito aos conhecimentos, não fiz um sequer, com exceção do Adalberto, um excelente tradutor, que me facilitou muito a vida ao me fazer companhia.

— E com relação às mulheres? São bonitas, as francesas?

— Meu caro Rafael, mulher bonita encontra-se em qualquer lugar, só é preciso falar o idioma.

— O francês...

— Não, meu caro, o idioma delas. Toda mulher tem um nó a desatar, só é preciso chegar ao laço, à fita, compreendes, meu caro? Graças ao meu prodigioso Adalberto pude chegar perto de algumas.

— E aí?

— E aí descobri certas universalidades, compreendes?

— Como assim?

— Tenho para mim que elas gostam de ser bem tratadas, mas sem mimos, compreendes? É um jogo de pega e esconde. Meu caro Rafael, quando tu estavas chegando, eu estava indo ao encontro de um comerciante que não gosta muito de pagar impostos. Gostaria de conversar contigo com mais vagar...

— Sim claro! Poderia ser lá em casa no sábado?

— Será um prazer, meu caro, a que horas?

— À tardinha, abriremos um champanhe para comemorar!

— Muito certo, meu caro Rafael. Estarei lá por volta de quatro horas.

Despediram-se e João Capistrano seguiu na direção do bonde para visitar seu cliente.

Na cozinha, Amélia supervisiona os trabalhos e dá algumas noções do uso de ervas medicinais às cozinheiras. Aproveitará a feira do sábado para repor o estoque e adquirir mais algumas ervas e algum conhecimento sobre o assunto com uma senhora, que mora perto da feira e conhece um pouco de tudo.

A feira toma as manhãs de sábados das donas de casa da Capital, e assim Amélia procura tudo de melhor e mais barato para abastecer o hotel. Bernardo paga tudo e carrega em um carrinho as compras feitas por Amélia. Ao final, paga um rapazote para levá-las em um carrinho de rodas de madeira até o hotel. Amélia se dirige à casa de dona Tica e Bernardo segue até o hotel, onde as cozinheiras receberão as compras.

João Capistrano sente a ausência de Amélia. Quando ela chega da casa de dona Tica, o almoço já havia sido servido e ela trata de descansar. Acorda um pouco antes das três horas e dirige-se à cozinha. Como de costume, pergunta a cada hóspede o que desejaria provar. João Capistrano disfarça a tristeza e a decepção com a ausência de Amélia na hora do almoço. O tema das suas conversas ainda são a viagem à Europa. Conta um incidente ocorrido na alfândega de Portugal, quando o inspetor alfandegário reclamou de não se fazer entender.

— Há meia hora que tento explicar ao Senhor Capistrano que não há necessidade de declaração, e o senhor não entende!!!

— O ilustríssimo inspetor, falei eu, entende tudo o que digo. Se falamos o mesmo idioma, logo, o ilustríssimo deve estar pronunciando o português errado!

Todos os ouvintes riam das peripécias de João Capistrano.

João Capistrano chega à casa de Rafael pontualmente às quatro horas e é recebido na sala de estar por Glória, a esposa do amigo, que lhe pediu para esperar um pouco. Não demora muito, os dois já estão conversando. Entre risos e goles de champanhe, João Capistrano fala da beleza das paisagens e cidades que conheceu, e Rafael conta como as coisas andaram pela Capital enquanto ele esteve fora.

— Caro Capistrano, permita-me dar-te um conselho. Tu já estás com trinta anos, conheceste muitos lugares, tens experiência, meu caro.

— Sim, mas o que queres que eu conclua disto?

— Precisas te casar.

— Ah! meu caro Rafael, quando penso que vais numa direção, tu vens noutra completamente diferente!

— És um bom partido! Fiscal de rendas da província, bem-apessoado, entrosado na melhor sociedade...

— Caro Rafael, Deus me permitiu chegar até aqui, estou bem com o que ele me proporciona.

— Penses no que te disse com mais calma e mudemos de assunto por agora...

Amélia borda uma toalha de mesa pequena, bem apropriada para o console do quarto de João Capistrano. O motivo são jasmins. Vem se dedicando a isto nos últimos dias. Depois que concluir, pretende começar a bordar uma toalha de rosto com o mesmo tema. Interrompe a tarefa, vai ao banheiro, em seguida deita-se um pouco. Ouve um barulho de alguém subindo as escadas e imagina ser seu marido; espera que a porta do quarto abra para que ele entre, mas não abre. Atenta aos barulhos, conclui que João Capistrano acaba de chegar! Seu coração bate aceleradamente, senta-se na cadeira de balanço, retoma o bordado. Ainda sob o efeito do champanhe, João Capistrano sente o cheiro de jasmim no banheiro ainda aquecido. Ao passar pelo quarto de Amélia, fica uns minutos em pé, em frente à porta. Roda a maçaneta, que gira sem dificuldade. Com o coração aos pulos, aproxima-se da cadeira de balanço onde ela está recostada.

— A senhora Amélia está bem?
— O senhor João deseja alguma coisa?
— Não, só gostaria de saber se a senhora está bem. Boas tardes, até a hora do jantar!

Amélia não acredita. Aquele homem é louco! Afinal, ela nunca lhe deu motivos para um diálogo como aquele, e, ainda por cima, dentro dos seus próprios aposentos!

Amélia não desce para o jantar, está com dores de cabeça, indisposta, como diz seu marido Bernardo a alguns hóspedes. João Capistrano desce para jantar e conversar.

Bernardo se sente realizado. Gosta do que faz, de onde mora, e de Amélia, muito. Só lhes faltam filhos, o que o deixa um pouco triste. Mas com o tempo isto se resolverá. Desde a ampliação do porto, passou a ocupar-se, além do hotel, com a venda de maquinário e peças de manutenção para guindastes. Não lhe faltava clientes. Amélia é uma boa esposa, ajuda-o muito no hotel, só lhes faltavam os filhos…

Fecha o hotel, desliga a luz do salão e sobe para o quarto. Amélia está dormindo num dos lados da cama. Despe-se, veste o pijama e deita-se ao lado da mulher que está num sono profundo. Deixa seu propósito para outro dia.

Há três semanas João Capistrano não desce para conversar, fica muito no seu quarto, e Amélia, por sua vez, não se demora às refeições, mas com todo o cuidado para que nada pareça suspeito. O trabalho segue normalmente para João Capistrano, encontrando os clientes que havia deixado antes de ir para Europa e também os velhos amigos. Amélia conclui que tudo o que havia acontecido entre eles foi pura imaginação da sua cabeça. Com o coração apertado, segue bordando sua toalha de jasmins.

João Capistrano está cuidando de controlar os horários de Bernardo e suas atribuições. Numa segunda-feira à tarde, fica em seus aposentos esperando uma hora em que Amélia venha ao andar de cima. Um pouco antes das duas da tarde, ela sobe.

— Senhora Amélia!
— Sim?
— Devo-lhe muitas desculpas por aquele dia. Perdoe-me.
— O único motivo que tens de desculpar-se é por vossa ausência nesta casa.

Os olhos de João Capistrano tornam-se cor de chumbo.
— A senhora poderia vir... Até o meu quarto?
— Sim. Vou levar-lhe um chá.

Amélia leva o chá. Faz menção de sair, mas João Capistrano pede-lhe para ficar.
— Senhora Amélia fique um pouco, por favor.

Amélia senta-se numa poltrona e espera em silêncio, com o coração aos pulos.
— A senhora Amélia sente por mim alguma afeição? Tenho pensado muito nestes dias. A senhora é casada, não podemos nos casar... Tenho um sítio no Tirol, fica um pouco longe. A senhora gostaria de ir para lá morar comigo? Pense nisso e me responda quando puder.

Amélia está tonta. Vai para o seu quarto deitar-se na cama, de bruços, em silêncio. Depois do lanche da tarde, vai falar com dona Tica, pedir-lhe ajuda para sua fuga para o Tirol. Passadas duas semanas, junta algumas roupas e apetrechos em duas malas e pega o bonde junto com dona Tica. Saltam no fim da linha, onde João

Capistrano as espera, com três cavalos. Adentram um matagal fechado com raríssimas casas, que vão aparecendo à medida que os cavalos passam, carregando Amélia e João Capistrano. Vão devagar, procurando as trilhas que os levarão ao seu novo destino.

João Capistrano puxa as rédeas e ordena aos cavalos que parem. Em seguida, pega Amélia pela cintura, colocando-a delicadamente no chão de terra.

— Chegamos, senhora. Esta será a nossa casa daqui para a frente, diz João Capistrano, aparentando calma e domínio da situação.

— Me chame de Maria, meu nome é Maria Amélia – diz isso muito próxima ao rosto de João, enrubescendo. Ficam assim, próximos, durante alguns segundos.

— Está bem, Maria! – e solta-a levemente.

Começam a levar malas e objetos que estavam amarrados à sela do terceiro cavalo para dentro da casa. Cada um trouxe o que achava imprescindível trazer. A casa já está parcialmente mobiliada. O coração de Amélia bate mais forte diante da casa com varandas e jardins onde vai morar com o homem que mais deseja na vida. Tudo lhe parece certo, justo, fácil e bom.

— Havia gente morando na casa até bem pouco tempo, quando a pedi de volta com o intuito de vivermos nela... – diz João Capistrano, adivinhando os pensamentos de Amélia.

— Por isso o roseiral pleno... Por isso a grama ainda curta!

— Sim, minha senhora.

Com malas fechadas e colchões estirados no chão da

sala, João e Amélia ficam em silêncio por um tempo. Sobre os colchões ao rés do chão, olham para cima, ao redor, tomando pé da situação.

— Maria, você pode se chegar mais para perto de mim? Amélia se aproxima. E João Capistrano continua...

— Eu já vi muita coisa bonita na vida... A neve branca... O mar azulzinho... Um navio chegando ao cais... Mas, por Deus!... – diz isso ao desprender os cabelos de Amélia, retirando seu vestido com calma e habilidade enquanto se deitam. Beija-lhe o rosto, o colo, a boca... A cona. Ofegante, Amélia aceita as carícias cada vez mais ousadas do amante e as retribui, aprendendo com mãos, língua e lábios sobre o corpo amado e sobre o seu próprio corpo. Entrega-se a João Capistrano, que a penetra num gozo mútuo.

João e Amélia passam a tarde sobre os colchões. O tempo parece não passar enquanto suas mãos, sem pressa, seguem procurando os espaços um do outro, sentindo cada toque, cada gesto, cada intenção. Os dois amantes se adivinham como se se conhecessem desde o princípio dos tempos. João Capistrano adormece sobre o colo de Amélia. *Amélia entra sorridente na sala olhando para João ainda sobre os colchões. Com um vestido de dançarina de cancã ela levanta as múltiplas saias girando-as, move-se com graça em sua direção. Com um dos pés, pisa levemente o seu peito. João lhe oferece um buquê de jasmins.*

João e Amélia se ocupam em organizar a casa e contratar serviços. Os mantimentos são trazidos por um homem chamado José, que vem a cavalo de quinze em quinze dias. Amélia se esmera na cozinha e na costura para deixar João

Capistrano feliz. Tudo é novo para ela, mesmo as atividades que já faz há tempos, como cuidar da casa, da costura, do bordado. O que a impulsiona mais que tudo são os prazeres da carne, as noites de amor com João Capistrano, a delicadeza dele, a cumplicidade entre os dois. João está revigorado. Sua vida com Amélia o deixa calmo, tranquilo, mas com uma leve excitação no ar. Estabelece-se uma rotina prazerosa entre o casal, desconhecida para ambos.

Tempos depois, no Palácio da Cidade, João Capistrano encontra-se com seu amigo Rafael. Fica feliz por revê-lo. Rafael faz-lhe um novo convite para ir à sua casa. A princípio João Capistrano recusa, como tem feito todas as vezes em que é convidado para alguma festa ou reunião de amigos, dizendo estar morando muito longe, mas Rafael termina por convencê-lo.

— Está combinado, Rafael, no próximo sábado irei fazer-lhe uma visita!

Amélia ouve calada João Capistrano falar sobre uma visita de trabalho no sábado à tarde perto da Cidade Alta, a um cliente que estava viajando e não pode recebê-lo na data certa. Desconfia que João lhe esconde alguma coisa, mas disfarça e começa a contar-lhe sobre os acontecimentos do cotidiano.

— As sementes que seu José trouxe estão brotando. Plantei tomates, cebolas, pimentões, erva-doce. Agora vou fazer teu chá com ervas bem frescas.

— Minha querida Maria, estou feliz pelas ervas e tomates. Vem cá me abraçar. Ficam enlaçados por um bom tempo. João Capistrano esquece do compromisso. Está feliz com Amélia e talvez não vá ao encontro com Rafael.

Rafael apresenta João Capistrano ao grupo de amigos reunidos em sua casa. Fala sobre sua ida à Europa e do caráter galanteador do amigo. Os presentes sorriem. As mulheres oferecem a mão para que beije ou apenas acenam sorrindo. Os homens lhe apertam as mãos, demonstrando simpatia. Na vitrola, uma mazurca de Chopin. A festa está animada quando Rafael traz uma prima para apresentar a João, que, um pouco afastado, fuma um charuto.

— Esta é minha priminha Natália, uma flor desabrochando, cuide bem dela!

João Capistrano volta a frequentar festas. Em verdade, desde que chegou de viagem não tinha retornado aos salões dos muitos amigos que possui na sociedade capitalense. Vai alternadamente aos sábados, deixando os outros dias para Maria Amélia, que aparentemente não reclama e lhe faz cada vez mais mimos. João prefere acreditar que Amélia não se importa e se deixa cuidar, entrega-se aos seus carinhos sedutores.

Numa dessas festas, Rafael chama João para um lugar mais reservado.

— Meu caro Capistrano, já te disse que está na hora de te casares de verdade.

— Amigo Rafael, eu e Maria Amélia estamos muito bem, se queres saber.

— Como bem, João? Vives escondido com uma mulher casada, correndo o risco de levar uma bala do marido dela! Te digo novamente: precisas de filhos, constituir família...

Rafael se afasta. Logo depois, Natália se chega mais perto de João e começam a conversar, o que vai acontecer com mais frequência nos encontros seguintes.

João Capistrano está atormentado. Não vê futuro no seu relacionamento com Amélia. Quer ter filhos, o que Amélia não lhe deu até agora; uma família. E, quase sem querer, está se comprometendo com Natália. Amélia, aflita com o distanciamento de João, não sabe o que fazer para as coisas voltarem a ser como antes. Ficam neste estado até o dia em que João Capistrano lhe fala, com a voz embargada, que, quando a conheceu, já estava comprometido com uma antiga namorada, e vai se casar com ela.

Amélia sente o chão desaparecer sob seus pés, e pergunta:

— Não gostas mais de mim? Querias uma amante, apenas isto, não é?

— Eu te amo, Amélia, mas nosso relacionamento não tem futuro! Quero casar-me, ter filhos...

— Como, futuro? Vivemos muito bem aqui! E filhos, Deus pode dar-nos, ainda!

— Pensei bem e a levarei para o interior, para ficar com tua mãe!

Amélia desaba a chorar, mas João Capistrano está decidido. Contrata um serviço de cocheiros para levarem-na ao interior do estado.

O coração de João Capistrano está despedaçado. Não pode assumir sua relação com Amélia, uma mulher casada, diante da sociedade; e quer ter filhos. Não demora muito e seu casamento com Natália é anunciado na sociedade capitalense, e meses mais tarde estão casados. Continua a frequentar os salões da cidade, só que agora leva a esposa.

O novo casal vai morar na Cidade Alta, num casarão alugado. Natália é uma boa esposa e João Capistrano se esforça para ser um bom marido.

Amélia vive com a mãe em Acari, no interior do estado. Não ouve mais falar de João Capistrano, nem de Bernardo, e sofre calada. Não sai de casa, e de vez em quando uma lágrima cai pelo seu rosto. Está assim desde que João lhe contou que vai se casar com outra. Ela, que arriscou tudo para viver com ele, que fazia-lhe todos os mimos... Recusa-se a entender o que se passou entre ela e João Capistrano. Conheceu a felicidade em sua companhia, é só o que consegue atinar em meio ao turbilhão de pensamentos. Os dias passam sem que esboce uma reação. Até sua mãe, que a condenou por ter abandonado o marido para morar com outro homem, está preocupada.

— Você tinha tudo o que uma mulher precisa e jogou no lixo, jogou no lixo! Bernardo podia ter te matado! Isso podia...! Mas também não precisa ficar assim! Reaja! Pelo amor de Deus, reaja!

Em maio de 1918, Natália e João Capistrano convidam os amigos para comemorarem um ano de casamento. A festa está animada, entretanto um assunto se impõe: a gripe espanhola, que está matando gente no mundo inteiro. Ficam sabendo das novidades pelos jornais locais e por quem chega à Capital pelo porto. Numa das festas, alguém comenta que a gripe já chegou.

— Só pode ser pelo porto – comenta outro convidado.

— Ninguém sabe o que provoca, nem como se transmite... – diz outra pessoa.

— Para vir da Europa para cá, só pode ser pelo porto! – insiste o convidado.

Dias depois, Natália cai com febre alta, vindo a falecer da gripe em uma semana.

Consternação geral na sociedade capitalense. Amigos e conhecidos prestam apoio a João Capistrano neste momento difícil. Rafael também está desolado. Os dois amigos se aproximam mais ainda.

João Capistrano sente-se inconformado: está sem Natália, sem Amélia... Acha que foi castigado por tê-la abandonado, e chora desesperado.

Três meses depois, João Capistrano continua desolado. Não procura mais os amigos. Pensa que foi leviano com Amélia, com o amor que sentia por ela, pelo amor que sentiam um pelo outro, e que foi praticamente levado a se casar com Natália para atender seus anseios de permanecer numa classe social abastada, viver de festas. Finalmente, decide ir buscar Amélia na casa da mãe, em Acari. Sem saber como vai ser recebido, para a charrete em frente à casa e bate à porta. Amélia, surpresa, abre a porta para João Capistrano, que cai em seus braços contando-lhe sua desgraça. Pede que ela o perdoe e que voltem a viver juntos no Tirol. Amélia abraça João, beija-o muito no rosto e nos cabelos. Não acredita no que ouve, mas logo se recupera.

— Vou contigo, João, meu lugar é junto a ti.

E seguem novamente para o Tirol para recomeçarem a vida.

A rotina prazerosa entre os dois se restabelece, mas Amélia está marcada pela fraqueza de João Capistrano, revelada pelos acontecimentos. A dor do abandono e da separação a marcou profundamente. Só experimenta algo realmente novo quando o ventre começa a crescer a cada dia: está grávida. Quando João chega do trabalho ela lhe mostra a barriga, eufórica. Ele fica parado sem acreditar.

— Precisamos consultar um médico! Pega Amélia nos braços e a enche de beijos. No dia oito de dezembro de 1919 nasce Concepción, a mãe de Bianca, com os olhos azuis de João Capistrano.

Talvez os deuses ciumentos não tivessem suportado a bela e forte história de amor dos avós de Bianca, que se concretizou para além dos reveses. E não podendo eles, os deuses, impedi-la, rogaram ao deus maior para que a prole de Amélia e João Capistrano sofresse pela audácia de conjugarem almas e corpos amantes desafiando a moral e os costumes da época. Durante sua feliz união, João Capistrano e Maria Amélia tiveram duas filhas: Maria, a mãe de Bianca, e Laurinda, a mãe do seu priminho Paulo Eduardo. Devido à situação irregular da união, trataram de inseri-las em escolas regidas por religiosas, para que tivessem uma educação completa e de alto nível. Os amigos da sociedade respeitavam João Capistrano pela boa posição social que sempre teve devido aos seus próprios méritos, entretanto, não conviviam com o casal. Apesar de todos os cuidados e carinhos com que foram criadas, a situação matrimonial irregular dos pais afetou em muito a vida das filhas. Havia um mistério que não era revelado. A tia Laurinda comentou com Bianca, tempos depois, que ficou sabendo que os pais não eram casados no colégio por uma coleguinha que lhe atirou isto na cara.

Concepción nunca falou sobre isto com ninguém. Falava apenas que os pais eram muito felizes e as mimavam bastante. João Natividade disse-lhe certa vez, que ao pedir a mão de Concepción em casamento, já sabia que ela era filha de pais descasados o que isto lhe era indiferente. Comentou também que, ao providenciarem os papéis para o casamento, os pais de Concepción não o deixaram ver o registro civil de pessoas naturais da futura esposa, e, para evitar transtornos futuros, passou a chamar-se apenas Concepción Natividade, sem o sobrenome do pai. O amor proibido dos avós maternos de Bianca talvez tenha sido um pecado pelo qual todos ainda estavam pagando. Mas Bianca ainda não estava convencida desse pecado; iria indagar, indagar, indagar, até entender sua família triste e conflituosa, que ela amava tanto. Conversando com a irmã de seu pai, ficou sabendo sobre a história dos avós paternos, da sua cruel bisavó que amordaçava escravos no interior de Pernambuco...

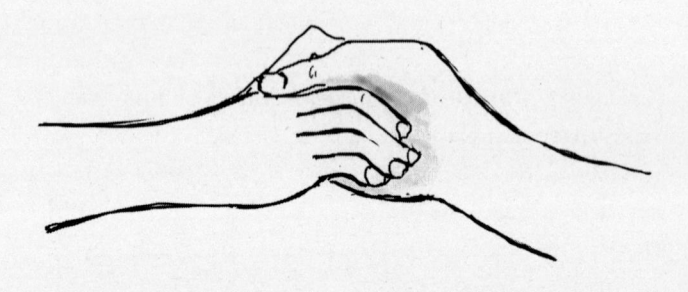

Bianca Natividade, em sua busca incessante por uma explicação para os surtos de Concepción, ouviu a irmã falar sobre as ideias de um médico neurologista e psicanalista austríaco, Sigmund Freud que se preocupava com as relações humanas e as doenças mentais. Pegou o assunto no ar, mas não parecia ter alguma ligação com sua realidade. Enquanto isso, sua irmã médica acompanhava as internações de Concepción.

III

CONCEPCIÓN BALANÇAVA FRENETICAMENTE a perna direita cruzada sobre a esquerda, invertia o movimento balançando a perna esquerda sobre a direita. Bianca sabia o que prosseguiria ao gesto. A mãe ficaria as noites sem dormir tentando lavar a louça e arrumar a casa enquanto todos dormiam, depois ficaria agressiva com o pai até ser hospitalizada. Bianca queria deter o processo observando a mãe nos mínimos detalhes, uma tarefa inglória que só foi alcançada com um remédio à base de lítio, anos depois. Os surtos da mãe eram semelhantes a uma bola de fogo se movendo pela casa, ninguém sabia como lidar, o que fazer. Por não haver compreensão suficiente para entendê-los, Bianca achava tudo o mais de difícil compreensão, e todos na família prosseguiam conflituosos ao formarem suas próprias famílias. Quando passou a existir, já não havia mais acordo entre os pais, uma conversa ao pé do ouvido, uma cumplicidade, embora nunca ficasse esclarecido o motivo. Afinal, se encantaram um com o outro quando ela tinha apenas treze anos de idade. Esperaram por sete anos até efetivarem o casamento, trocando cartas de amor que Concepción Natividade ainda guardava com ela. Agora pareciam dois estranhos que tiveram filhos juntos. Bianca, que a essa altura já sabia de muita coisa, vez por outra ouvia rumores na família culpando o pai pelos surtos da sua mãe, que eram um enigma exasperador para todos.

A educação dos filhos parecia ser um dos pontos do desacordo do casal, mas não era o único. Concepción queria que os filhos seguissem a música clássica, de preferência o piano. João Natividade interveio e introduziu o filho mais velho, o primogênito, nos afazeres da *fábrica*. Os prováveis motivos do desacordo se superpunham, embolados na cabeça de Bianca. Parecia haver um forte sentimento de classe impregnado em João Natividade e em Concepción. Nua e cruamente, eram de classes sociais distintas. Embora questionasse as relações de trabalho, o pai de Bianca estava longe de questionar o papel das mulheres que conheceu, e queria forçosamente limitar Concepción aos afazeres domésticos. Este era outro ponto de desentendimento entre os cônjuges – ou seria o mesmo? Contando apenas com o curso primário, João Natividade se viu forçado a ter um comportamento pragmático para lidar com as coisas do mundo quando seu temperamento era mais ajustado às coisas do sonho, mas não tinha educação para isso. No mundo real, havia muito pouco espaço para a arte ou para a prosa. A mãe de Bianca, por sua vez, havia sido talhada para casar-se com alguém de posses, para viverem de prosa e maneirismos. Além de tocar piano, Concepción também sabia bordar, cozinhar, costurar e gostava de pintar em tecidos. Seu ideal de casamento, entretanto, passava longe de se restringir às tarefas domésticas. João Natividade parecia se sentir aquém daquela mulher majestosa e enigmática. Pairando sobre tudo e todos havia a sombra da união ilegítima dos pais de Concepción e Laurinda. Nos saraus que ofereciam às amigas durante a juventude, enquanto tocava piano, entre gostosuras e licores servidos por Maria Amélia e a presença vigilante de João Capistrano, comentava-se à

boca miúda sobre o assunto. Com tudo isso, a primogênita Concepción era muito querida, as vinhas brilhavam tépidas ao porvir. Mas, o que esperava da vida Concepción, além de corresponder ao amor dos pais? Uma filha, um livro, um par de olhos azuis, a Terra do Nunca? A vida lhe traria ondas, ressacas, maresia, barcos distantes. Brisa leve sobre o sal, espuma. O mar, o mar, acompanharia Concepción. Ela era uma mulher sensível, o etéreo percebia com o olfato, o tato, a visão. O homem bonito com quem se casou, formado de ossos, músculos e poesia, era uma ilusão. Sua brancura quase sagrada escondia um sabor que seu paladar jamais alcançou. Ela e Laurinda viveram protegidas numa redoma, mas agora os pais já haviam morrido, os tempos eram outros, isso elas sabiam mais do que ninguém. Os deuses estavam se vingando...
Às vezes Concepción mastigava palavras e as engolia.

Concepción Natividade, no entanto, continuava atenta e atuante o quanto podia, educando os filhos do jeito que podia, com o imenso amor que os pais lhe proveram, a sua grande herança – herdada também pelos filhos, por Bianca, e que se expressaria de muitas maneiras no decorrer de suas vidas. Comprava quinzenalmente, livro a livro, coleções completas dos clássicos da literatura brasileira e universal, como a coleção de Jorge Amado, lançada pela Abril Cultural e vendida nas bancas de jornal, disponibilizando-a aos filhos. Do mesmo modo, disco a disco, ela comprou a coleção completa dos clássicos da música brasileira e universal. Bianca se interessava por tudo que vinha de Concepción. O jeito que encontrou de amá-la foi ler os livros, os encartes, conversar e ouvir os discos, compartilhando da presença culta e delicada da mãe. Aos onze anos sonhava com a Rússia que via em *Os irmãos Karamázov*, de Dostoiévski, se impressionava com a saga de Santiago de Ernest Hemingway, em *O velho e o mar*. Vivia com as experiências transgressoras de Emma Bovary de Flaubert, ouvia Chopin sabendo serem suas composições inspiradas no amor pela sua Polônia natal, uma revelação. Ouvia Bach, Pixinguinha, Chico Buarque de Hollanda. Conversava com sua mãe sobre Donga, Chiquinha Gonzaga, Ernesto Nazaré, com poucas palavras – em verdade, apenas aquelas suficientes para compartilhar a experiência da leitura. Quando havia concerto na escola de música da Capital, sua mãe a levava para assistir aos jovens pianistas Arthur Moreira Lima e Nelson Freire. Ao ler sobre a vida dos autores e compositores, ficava imaginando como seria bom conhecê-los, como seria bom morar no Rio de Janeiro, onde sabia viverem muitos deles, e para onde tinha ido tio Isaías antes de morrer. Nesses momentos de comunhão trazia Concepción para perto de si, no limbo, onde as pessoas não podiam ser julgadas, mas podiam ser amadas. Eram momentos de plenitude, vividos em frestas da realidade. Só Concepción podia entrar no limbo sem questionar, sem arranhar aquela grandiosa fantasia. Haviam mudado para uma casa "normal", na mesma rua, com salas, quartos, cozinha e uma grande varanda e jardins. Bianca gostava das flores, da varanda, da sala do piano, de cada pedacinho da casa; gostava mais ainda do que da antiga casa do seu tio Isaías.

Aos trancos e barrancos os filhos estavam todos crescendo, os hormônios trabalhando intensamente.

Estudavam, Bianca e mais duas irmãs, em um colégio estadual que tinha o melhor ensino da época. A irmã Inez era uma atleta fabulosa. Fosse no voleibol, no basquetebol, no atletismo, na natação, ela era simplesmente a melhor! Bianca, por outro lado, não tinha aptidão para o esporte, e os hormônios travaram uma luta bárbara com ela, levando-a mais e mais pelo caminho da introspecção. Contrariando uma expectativa de vir a ser uma menina-moça que desabrochasse aos quinze anos, Bianca vinha perdendo a fluência verbal da menina precoce que foi e se tornando uma intérprete de si mesma, pois já se perdera no fundo do fundo de si. O medo de ser julgada pelas transformações no seu corpo e o rigor do próprio julgamento sobre alguma expressão de si mesma, eram pretextos para uma fúria destrutiva contida a muito custo. Abismada consigo mesma, quanto mais desejava sair para o colorido do mundo, mais ela se retraía em relação a este. Diria que Bianca passou a viver numa gangorra de desejos opostos e inconciliáveis. Mesmo assim, ainda havia resquícios daquela menina que se lançava em novas aventuras, e terminou por descobrir as sessões de cinema de arte do Cine Rayol, onde, em uma enorme tela colorida, via outros mundos, nos quais queria realmente estar. Bianca percebia que sua vida não era ajustada aos seus sonhos, e a cada filme, a cada possibilidade que se descortinava para a imaginação, mais via o fosso em torno de si. Mas a simples existência de outras realidades mais harmônicas era uma abertura real para sair do mundo sufocado no qual se encontravam, ela e a família. As sessões de cinema eram pequenos nascimentos na escuridão daqueles tempos.

Eventualmente, a esperança vinha através da amiga que trazia os lançamentos da Avon. Livretos coloridos impressos em ótimo papel, apresentando os frascos dos perfumes que transformariam os destinos dela e das irmãs. Casarões, homens bonitos, carros do último modelo passariam, de algum modo, a fazer parte de suas vidas acabrunhadas. Não dava para adquirir os perfumes, mas a amiga sempre dava um jeito de parcelar, e assim os compravam. Algo a dizia, entretanto, que havia alguma coisa que não batia, que precisaria de um tanto a mais que aqueles perfumes para se transportarem para o mundo dos livretos, mas a amiga vendedora, com muito jeito, as convencia, e adquiriam assim, a parcelas, um futuro enevoado e promissor.

Foi quando a irmã Inez mudou o rumo dos desejos, ao passar no vestibular para o curso de medicina. Agora havia uma trilha concreta a perseguirem, ela e os irmãos. Um exemplo vitorioso a seguir, e tudo começou de fato a melhorar. Inscreveram-na no curso de inglês da principal escola da cidade, onde completou os estudos, uma matéria que aproveitaria mais à frente no vestibular e que dava uma visão da cultura americana daquela época. Bianca tinha uma atração pelos mundos distantes; a cada vez que entrava na arquitetura americana da escola, sentia-se pisando em Michigan ou em Nova Iorque, pegando na neve, ou ao redor de uma mesa, falando inglês com a família feliz da capa do livro de leitura. A culpa de Bianca parecia dissolver-se no ar. Fez amizade com Doralice, uma amiga do bairro com quem conversava quilometricamente todas as noites no batente da casa, com quem dividia os sonhos e roubava goiabas da vizinha…

Certo dia as amigas estavam maquinando planos para mexer com a tarde, que estava imóvel. A hora do almoço tinha passado. A mãe dormia. O que fazer naquelas salas enormes de chão frio e janelas fechadas? Nos quartos, antigas bonecas, quinquilharias de toda sorte, cadernos, livros e nenhuma vontade de ler. Olharam-se com cumplicidade. Um ferrolho se mexeu, uma janela se abriu e duas intrépidas adolescentes se puseram a explorar o telhado, que só então viram que era inclinado e dava para a varanda da vizinha. Alguns ramos pendentes da árvore convidavam ao alcance. Era uma goiabeira. Caramba! Excitadas, a vida se instalou em seu estado mais puro nos olhos e mãos das amigas. Entre a goiabeira e a beira do telhado havia um vão escuro preenchido pelos ramos plenos de goiabas. Os pés esticados, uma ia colhendo o que podia e passando para a outra. Com as quatro mãos cheias, deram um suspiro, sentaram-se silenciosas e passaram a comer, comer. Esqueceram-se da tarde.

As amigas acharam bacana a aventura, e, não bastando as goiabas roubadas, tiveram a ideia de subir no telhado para se bronzearem lá por cima, já que moravam um pouco distante do mar. Vestidas com biquínis, cada uma com uma toalha, ficaram quase esturricadas de calor e bronzeado. As excursões ao telhado duraram até a mãe de Doralice proibi-la, alegando que aquilo fazia mal à saúde. Concepción, por sua vez, fazia doces com as goiabas roubadas, que todos em casa saboreavam sem comentar sobre o delito. Enquanto se bronzeavam, conversavam empolgadas sobre os filmes e livros que compartilhavam, se divertiam apenas por estarem juntas e permaneceram amigas pelos infinitos dos tempos.

A família havia vingado. Os irmãos se formaram em medicina, em engenharia, em administração. Os pais estavam admirados com o rumo dos acontecimentos e orgulhosos, embora não soubessem expressar o quanto. Concepción sorria e seu sorriso aplaudia os filhos e o curso dos acontecimentos. Houve festejos de formatura, e a irmã Teresa fez uma feijoada para os colegas dos irmãos que ficou na história da família. Todos compareceram à festa, no América Futebol Clube. Foi a primeira vez que Bianca vestiu um longo e se maquiou. As irmãs se casavam, a família crescia. A roda do mundo girava. Voltaram a morar na casa da rua Cândido Rondon, em frente à praia, onde Bianca foi parida, embora não completamente nascida. Bianca Natividade, em sua busca incessante por uma explicação para os surtos de Concepción, ouviu a irmã falar sobre as ideias de um médico neurologista e psicanalista austríaco, Sigmund Freud, que se preocupava com as relações humanas e as doenças mentais. Pegou o assunto no ar, mas não lhe pareceu ter alguma ligação com sua realidade. Enquanto isso, sua irmã médica acompanhava as internações de Concepción.

Mais adiante, seguindo os passos dos irmãos, Bianca fez vestibular para biologia e foi aprovada. Saiu-se brilhantemente no curso básico, e no ciclo profissionalizante descobriu uma predileção pela vida marinha. Nos corredores do Instituto de Oceanografia ouvia o barulho do mar, seu companheiro de sempre, um velho amigo que enfim conheceria mais de perto. Devorava os livros sobre organismos marinhos, geologia marinha, oceanografia. Fez um curso de mergulho em apneia e com cilindro de oxigênio. As aulas eram dadas na piscina do América. No teste final mergulhou de olhos fechados, sem a máscara, sem o cinto e sem o cilindro de oxigênio. O teste consistia em procurar o equipamento embaixo d'água, de olhos fechados, achá-lo o mais rapidamente possível, colocá-lo e, por fim, respirar com a ajuda do cilindro de oxigênio. Bianca mergulhou na piscina, achou e colocou a máscara; já enxergando, achou e amarrou o cinto; e, por fim, colocou o cilindro de oxigênio: tudo certo, estava vendo, nadando e respirando debaixo d'água, só faltava a aula de campo para concluir o curso. Seria em uma lagoa de dez metros de profundidade, próxima à costa norte do estado. De repente viu a grande diferença entre parágrafos de livros sobre ambiente lacustre e a lagoa ela mesma, ao vivo, aberta, com sua aparente falta de limites. Bateu uma paúra, viu que não era para ela. Tinha medo de se perder debaixo d'água e não saber voltar para o barco.

Encantou-se com a disciplina de zoologia, mas os alunos eram obrigados a estudar todos os grupos de organismos, inclusive répteis e aracnídeos, ou seja, cobras, lagartos, aranhas e escorpiões. E lá foi Bianca para a Serra do Torreão, perto de João Câmara, no interior do estado, coletar estas estranhas e venenosas criaturas. Chegando lá, os alunos, eufóricos, se espalharam pela mata rala e espinhosa, enquanto ela ficou parada, esperando ver o que ia acontecer. Como não acontecia nada, pegou um par de luvas grossas, pinças e foi direto para as bromélias. Com muito cuidado, levantava a folha, deixando visível a parte próxima ao caule onde se acumula água e... E... Escorpiões. Um criadouro! Não teve coragem de coletar um, sequer. De repente ouviu um grito, tem um teju aqui, pega! Ele correu! Teju é um lagarto de uns sessenta centímetros de comprimento, incluindo a cauda. Ficou paradinha, esperando que ele fugisse e achasse o seu caminho. Passou o resto do dia em cima de um bloco de granito alto e ventilado, olhando a paisagem. Definitivamente, aulas de campo não eram o seu forte. Mas, não desistiu da vida marinha.

Já finalizando o curso e preocupada em como prosseguir na vida profissional, aceitou o convite de um professor para uma reunião da associação de defesa do meio ambiente da época. Estava em um movimento centrífugo de si mesma desde que entrou para a graduação ou, quem sabe, apenas em busca de um caminho plausível no meio de tanta teoria assimilada, e de sair daquela confusão em que se encontrava. O professor era um tipo alternativo para a época, e os associados também. Foram eles que fizeram Bianca questionar o status quo, embora nem tanto. Bianca passava as reuniões tentando entender do que estavam falando os colegas, tal a diversidade de sotaques e embaralhamento de ideias. Depois de algumas reuniões, viu que uma coisa não se casava com a outra, ou seja, a associação não a levaria a nenhuma profissão. Estavam em 1978 ou 1979, e os membros associados eram quase todos professores recém-chegados do Rio de Janeiro e de outros estados, que vieram para a Capital dar aulas na universidade e quem sabe, de quebra, ajudar a derrubar o governo, a ditadura militar. Como o pai bem falou, Bianca era franzina, magrela e, acrescentaria, cheia de minhocas na cabeça. A sede da associação funcionava secretamente nos fundos de uma fundação pertencente ao próprio governo. Bem próximo à sede operava um cineclube onde passavam filmes de Eisenstein sobre a Revolução Russa e sobre a Revolução dos Cravos, em Portugal. Ora, já havia passado muito tempo desde o golpe militar, quando ficara ouvindo o rádio com seu pai no batente da casa-galpão, enquanto o tio Isaías era destituído do cargo de vice-prefeito da Capital por ser comunista. Mas ainda lembrava dos soldados invadindo os aposentos da sua tia Laurinda, fardados e armados à procura de não sabia o quê. Não conseguia, entretanto, ver uma relação daquele tempo com as conversas das quais estava participando na associação. Só aos poucos foi entendendo o porquê. Havia à época um brutal silêncio imposto pela ditadura a quem questionasse o governo militar, e Bianca havia crescido sob este silêncio que se estendia por dentro das casas, inclusive a sua. Vez por outra via cartazes nas paredes do centro acadêmico com fotografias de presos políticos procurados vivos ou mortos. Silêncio. A associação, a rigor, era de defesa do meio ambiente, e ela queria defender o meio ambiente! Assim, continuou indo às reuniões e aos barzinhos pós-reuniões, junto com os cabeças do movimento, sempre tentando entender o que falavam os misteriosos e encantadores colegas da associação.

Em uma certa reunião alguém disse ser necessário ver como andava a questão da coleta de lixo na Capital, afinal, o lixo dizia respeito ao meio ambiente e a associação era de defesa do meio ambiente! Foram, Bianca e mais um ativista secreto, ao bairro das Quintas, onde funcionava o órgão da prefeitura responsável pela coleta do lixo. Muito bem recebidos e informados, saíram convictos de que não havia nada para reivindicar, e que por ali não derrubariam sequer o prefeito. Bianca percebeu que o seu colega ativista não comunicou nada sobre esta visita na reunião seguinte, nem os associados perguntaram. Estranhou aquilo, mas o jeito foi ir se convencendo de que precisavam mesmo depor toda e qualquer autoridade instituída, e que não deveriam colocar azeitona na empada do prefeito ao reconhecer que a coleta do lixo era muito bem-feita e que a Capital era uma das cidades mais limpas do país... Morreu a questão do lixo. Mas a luta continuava, companheiros. Ficaram sabendo, por um associado, que quase nunca comparecia às reuniões, um vereador da oposição e arquiteto, que o plano diretor da cidade seria mexido para permitir a construção de hotéis ao longo de uma via costeira que seria construída, ligando a praia de Areia Preta à praia de Ponta Negra, para isto derrubando as dunas existentes no meio do caminho. Ainda bem que havia dunas no meio do caminho...

A Associação foi com tudo para cima do prefeito, promovendo debates na própria câmara de vereadores e distribuindo panfletos pela cidade contra a construção dos hotéis e da via costeira. Queriam aproveitar a ocasião para denunciar todas as arbitrariedades cometidas pelo prefeito e pelo governo militar nesses quase vinte anos de ditadura, mas a imprensa local não divulgava uma única linha a respeito do assunto. Coincidentemente, os alunos concluintes do curso de biologia estavam organizando o I Encontro Regional de Ecologia, trazendo especialistas no assunto para a cidade. O encontro estava sendo um sucesso, com a presença participantes de toda a região e a presença de palestrantes de renome, financiados pela própria universidade. Muitos deles, conhecidos na mídia nacional, deram declarações de apoio à causa, chamando a atenção da mídia local e da população para a questão da preservação das dunas, vital para manter o clima ameno e a boa qualidade da água da cidade. A associação e os biólogos presentes ao Encontro Regional de Ecologia juntaram esforços e fizeram uma grande passeata em protesto. O resultado de todo esse movimento foi a criação de um parque para preservar as dunas em torno da via costeira. Os hotéis seriam construídos fora desse espaço; foi uma grande vitória!

Bianca não tinha certeza de tudo o que pregavam os queridos colegas da Associação, mas quando via uma bola quicando na sua frente, chutava. E foi isso que aconteceu durante uma das palestras do Encontro de Ecologia. Além de participar da Associação ela estava também na comissão organizadora do Encontro... Por conseguinte, numa palestra determinada, com mais de quinhentos participantes atentos ao tema, pediu a palavra e fez o gol. Falou enfática sobre o movimento contra a construção dos hotéis, convocando os participantes a saírem em passeata, dando vazão à revolta do pai João Nascimento, do tio Isaías e da sua revolta mesma pelo desatino da família, o que provocou um tremendo alvoroço na plateia e incendiou de vez a luta.

Bianca já tinha uma explicação plausível para o conflito familiar que naturalmente e de certa forma ia se resolvendo, entretanto, a própria Bianca vivia um conflito interno feroz: coexistiam nela um temperamento quase efusivo que a fazia pedir a palavra em uma palestra de mais de quinhentos participantes para falar sobre o movimento ambiental, participar de passeatas, de associações, tudo isso, lado a lado a uma introspecção e estranheza abissais. A introversão que sufocou Bianca durante a pré-adolescência e adolescência reapareceu soberana a sufocá-la nesse início da fase adulta. O limbo não era mais uma opção de onde saía vez por outra para ver o mundo e para onde depois voltava, tranquila e só. O limbo transformou-se inesperadamente em um claustro total e definitivo. Julgava-se completamente blindada e invisível aos demais – será que os seus colegas de luta não enxergavam isto? Que não era ela que estava ali, nas reuniões, nos movimentos? Sentiu-se tão blindada que só lhe restou pedir ao pai para ir a um psiquiatra, e pediu assim, na lata, sem jamais ter confessado a ele qualquer traço de sua intimidade. Sem questionamento ou objeção, João Natividade pagou-lhe um tratamento. Ele não era homem de amenizar situações com palavras, mas era um grande observador seu. Bianca logo se informou com amigas do movimento estudantil que cursavam psicologia sobre um bom analista, e começou um tratamento que teve que ser interrompido para que viajasse.

O motivo da viagem era cursar o mestrado em geologia e ampliar os conhecimentos obtidos no curso de biologia durante a graduação. A possibilidade surgiu graças a uma excursão científica feita anteriormente, uma experiência profissional interessantíssima, com um grande paleontólogo italiano que estudava pegadas de dinossauros em Souza, na Paraíba, o destino da excursão. Além do mencionado paleontólogo de grande envergadura científica, também fazia parte da equipe uma estudante do mestrado em geologia da universidade federal, que a pôs a par das linhas de pesquisas, disciplinas e possíveis orientadores para o mestrado; chamava-se Lenice, era uma estudiosa apaixonada pelos dinossauros. Poder-se-ia dizer que esta viagem terminou por levá-la para esta universidade. As pegadas dos dinossauros impressas nas rochas de Souza lembraram-lhe as pegadas dos inhambus de pés amarelos que seu pai caçava, e Bianca viu ali uma oportunidade única de sobrevivência, migrar, ser uma ave de arribação, numa tentativa de voo para não ser pega pelo cão farejador de perdizes. O que ela queria, para além de tudo, era atenuar a dor que brandia dentro de si, e, assim como quem foge do demônio, fugiu para o Rio de Janeiro.

Diria ter sido uma experiência estrondosa para Bianca sair da sua cidade, quase pequena, para uma metrópole como o Rio de Janeiro. Quando chegou já era noite. Da janela do avião, viu as bilhões de luzes marcando suavemente a topografia da cidade... Próximo à aterrissagem, achou que ia se perder naquele emaranhado de luzes e nunca mais na vida se acharia, mas foi seguindo as setas, até que chegou ao hotel. No dia seguinte se deu conta de ter perdido totalmente o senso de orientação espacial: para onde ficava o mar? Ainda não adquirira o hábito de usar mapas. Na Capital, era fácil se achar quando se perdia, no Rio de Janeiro tudo o que via eram edifícios e engarrafamentos. Primeiramente, escreveu todos os endereços que precisava saber em duas cadernetas; uma delas ficaria no hotel, a outra levaria consigo para onde fosse. Passou a se fixar nos itinerários dos ônibus, que eram muitos; portanto, tinha que os ler rapidamente antes de pedir que parassem e ela subisse. Não podia se perder porque já estava perdida, e os únicos elos com os pouquíssimos lugares que poderiam acolhê-la nessa enormidade urbana eram justamente os itinerários dos ônibus. Todavia, foi necessário que se deslocasse a pé para sentir o ritmo frenético da cidade, o barulho das buzinas, o medo dos pivetes, que a destruíam a cada esquina. E a cada esquina ela se recompunha. A beleza dos meandros descobertos por acaso a recompunha: os muros, as heras, as palmas, um silêncio inesperado numa rua perdida, numa fonte.

Com a sensação de estar o tempo inteiro extrapolando o senso de autopreservação, foi se instalando na cidade, pagando contas, pondo cartas nos correios, fazendo compras, indo para a universidade, enfrentando os longos trajetos e códigos que nem sempre conseguia apreender. Um exemplo pueril que vale até hoje é que, estando em um edifício, Bianca nunca soube exatamente em que tecla apertar para ir para o andar térreo. Na maioria das vezes havia duas opções: descer ou subir. E lá vinha a dúvida atroz: ela ou o elevador? Se fosse o elevador, teria que olhar em que andar ele estava, para dar o comando. Se a pergunta fosse feita para ela, seria mais fácil. Mas Bianca nunca achou que existissem caminhos fáceis, por isto, na imensa confusão que se instalava em sua cabeça, apertava os dois botões, esperava o elevador parar, a porta se abrir e perguntava: sobe ou desce? A este exemplo pueril, somavam-se pequenas outras dúvidas diárias em diversos graus de complexidades. Em verdade, os elevadores tinham fabricantes diversos e uma forma diversa, uns dos outros, de ordenar as informações aos usuários.

Sem noção do que fazer nesse início de mestrado em uma grande universidade de alto nível de competência, desde como acessar bibliografias, construir um plano de estudos, pleitear bolsa de estudos, ou simplesmente dirigir suas leituras de uma maneira eficaz para a formulação de um projeto de dissertação, Bianca deu um *break* e foi assistir a um show de Clementina de Jesus. Viu o endereço do teatro onde se daria o show no jornal e, sem mais cuidados, pegou um ônibus que a levaria a este local: Marechal Hermes. O ponto inicial do ônibus ficava bem perto do seu apartamento. De olho no endereço, ia satisfeita cidade adentro, talvez lembrando do tempo em que andava de bicicleta pelas ruas da Capital. Mas começou a perceber que o ônibus rodava, rodava, entrava, saía e nunca chegava ao local do teatro. Relevando o medo que passou a sentir, continuou sentada por um bom tempo, até que o ônibus parou. Ali era o ponto final. Desceu meio zonza, procurando pelo teatro, até descobrir ser este um "espaço cultural" do bairro. Um pouco decepcionada, se recompôs e assistiu ao show de Clementina, sem saber bem o que estava fazendo ali. Voltou em um ônibus da mesma linha, por um trajeto igualmente sinuoso, até finalmente chegar à praça Saens Peña, de onde partira. Só teve a noção da real aventura que empreendeu quando a contou para as amigas com quem dividia apartamento. Marechal Hermes era um bairro do subúrbio, muito, muitíssimo distante... De onde moravam. Bem mais tarde se deu conta da maravilha que havia presenciado: Clementina de Jesus cantando para pessoas simples como ela. Recentemente havia encantado o público no Teatro Municipal do Rio de Janeiro com sua voz única. Bianca não esperava que Marechal Hermes fosse tão longe...

Sua alma estava fraturada como a alma dos violinos. Sem proteção nesta cidade, não podia prestar muita atenção nos outros, seria um perigo. Tendo que focar no trajeto para o seu único vínculo com a realidade, a universidade, passava seus dias assim, pendurada nesse cordão que a ligava a si mesma e aos outros: seu ofício, uma certeza.

Pensava que ter um ofício seria uma maneira de não se desmantelar quando se está sozinha numa cidade grande pronta para te engolir. E estudava, estudava. Depois, com sorte, ampliaria a rede de afetos que a sustentava.

A universidade dava-lhe o sentimento de pertencimento, de lastro, de substrato. Novamente veio a questão da busca por um psicanalista. Tinha uma lista de nomes para procurar. Mas o Rio de Janeiro era muito dispersador, e Bianca resolveu adiar um pouco mais a consulta.

Estava no campus universitário onde frequentava o curso de pós-graduação em geologia. Terminada a aula, ia pelo corredor do bloco A, próximo ao Centro de Tecnologia, com o intuito de almoçar em um dos trailers que se distribuíam ao longo do corredor. Era um corredor longo, com o pé direito altíssimo, cheio de alunos passando para lá e para cá. Antes mesmo de almoçar, viu um pequeno cartaz na parede chamando para uma palestra no ALOJA com uma militante do movimento revolucionário sandinista da Nicarágua. O sangue esquentou. Se informou rapidamente onde era o ALOJA, que ficou sabendo ser o alojamento de estudantes da universidade. Como sempre, pegou um ônibus interno que dava muitas voltas até chegar ao alojamento. Entrou num grande salão vazio, apenas uma cadeira encostada numa das paredes do salão. Sentou-se e começou a esperar. Observou que os alunos passavam olhando para ela com uma certa simpatia, mas não se aproximavam. Ficou meio inibida de perguntar pela palestra, que pela hora, já estaria para começar. Esperou um pouco mais até que, faltando cinco minutos, e nem sinal da sandinista, aproximou-se um aluno dizendo-se da medicina. Conversaram sobre tudo, até que desconfiou que a militante não viria e não haveria palestra. Foi aí que o seu novo amigo confirmou as suas suspeitas: não haveria palestra. Até hoje está com este amigo, com quem se casou. Tempos depois, confessou que achava que ela é que era a militante sandinista.

Augusto, o seu novo amigo, era do movimento estudantil da universidade, e ambos tinham muitas coisas em comum, inclusive a intenção de derrubar de vez o governo militar... Só que ele era mais orientado e experiente do que Bianca, mais articulado. Era o início dos anos oitenta, e o Brasil vivia a abertura política depois de vinte anos de ditadura. Os dois amigos, espremidos entre um milhão de pessoas, próximos à Candelária, assistiam ao comício das Diretas Já, um movimento que pleiteava eleições diretas para presidente da República. E lá estavam eles: Barbosa Lima Sobrinho, Ulysses Guimarães, Teotônio Vilela, Chico Buarque de Hollanda, Sobral Pinto, Mário Covas, Sócrates, Tancredo Neves, Dante de

Oliveira e muitas outras pessoas admiráveis em cima de um palanque armado atrás da igreja, de frente para a avenida Presidente Vargas, coalhada de gente. A avenida Rio Branco também estava lotada, assim como as outras ruas próximas ao palanque. Um mar de gente gritando *diretas já!, diretas já!* Bianca pensou consigo: "Não estou mais perdida no Rio de Janeiro".

Muito empenhada em sobreviver na nova cidade, Bianca foi deixando para depois a busca do psicanalista. Foi se envolvendo com Augusto e com o movimento estudantil. Ao final dos dois semestres, mesmo protelando as atividades acadêmicas, Bianca deu conta das disciplinas e da elaboração do seu projeto de dissertação. Conseguiu um estágio em um centro de pesquisa de alto nível e deu início à preparação das amostras de nano-organismos para uma posterior leitura das lâminas ao microscópio. Estava indo de vento em popa, produzindo dados para a sua dissertação.

Há mais de um ano morando no Rio de Janeiro, ela e Augusto aproveitaram as férias da universidade e viajaram para a Capital. Era a primeira vez que ele ia ao seu estado de origem. Bianca o apresentou à família, que o recebeu muito bem, e a alguns amigos na antiga casa onde ainda moravam seus pais, idosos, e a querida irmã Teresa. Foi a primeira vez que percebeu suas verdadeiras idades: eles estavam envelhecendo. Os outros irmãos moravam em suas próprias casas na Capital, ou em outros estados. Logo que teve uma oportunidade, Concepción, admirada, perguntou-lhe: e como você se alimenta? Quem faz a sua comida, minha filha? Quem lava suas roupas? Bianca ficou surpresa com as perguntas da mãe. Ela, que pensava que Concepción não atinava para as coisas práticas da vida, achou compreensível que custasse a entender o fato de ainda estar viva mesmo morando longe de casa. Mas Concepción atinava, sim, para as coisas práticas da vida, e sempre surpreendia Bianca!

— Mãe mãe! Os jovens são atentos, se viram. O que não pode faltar é dinheiro, eu tenho recebido bolsa de estudos, portanto dinheiro eu tenho, não muito, mas tenho, e uma bússola que fui construindo com peças que você mesma me deu, sem nem perceber! – respondeu Bianca, sentindo um enorme carinho pela mãe.

Os moradores da sua antiga rua, a rua Cândido Rondon, estavam revoltados com o prefeito da Capital por querer construir um hotel na parte baixa da orla com o gabarito altíssimo, o que iria barrar não só a visão do mar dos moradores da rua onde os pais de Bianca moravam, mas também uma das vistas mais bonitas da cidade, ou seja, iria retirar a possibilidade de alguém, estando na parte alta da costa, poder vislumbrar toda a orla, desde a praia Nova até a praia de Areia Preta, de uma só visada. No clima de abertura política, já com a experiência vitoriosa da criação de uma reserva ambiental, os moradores receberam aos visitantes Bianca e Augusto em suas casas e, aderindo à nova luta, foram de casa em casa convocando os demais para que se reunissem e discutissem o problema. Rapidamente cresceu o número de adeptos da causa ambiental, e até fizeram um jornalzinho para atualizar a todos do bairro sobre o andamento do movimento. Foram à imprensa e conseguiram publicação para pequenas notas sobre o movimento. Marcaram, então, uma grande reunião, para a qual convidaram o querido vereador da oposição e arquiteto da antiga associação de defesa do meio ambiente, além de outros vereadores da câmara da Capital. O prefeito, sabendo do movimento pela imprensa, convidou os moradores para irem até a prefeitura com o intuito de apresentar o projeto dos espigões. Nesta apresentação, estavam todos os arquitetos e engenheiros responsáveis com uma maquete belíssima no centro da sala, prontos para os impressionar os moradores, que julgava serem pessoas simples, sem conhecimento. Durante uma hora e cinquenta minutos argumentaram a favor da construção dos espigões, mas não conseguiram convencê-los de que aquela era uma boa opção para a cidade. A partir dali o movimento recebeu apoios importantes, como o do folclorista e antropólogo Luís da Câmara Cascudo, do general Humberto Peregrino, que era vizinho dos pais de Bianca, do embaixador do Brasil no Suriname, também morador da orla, os quais deram entrevistas criticando a construção dos espigões e apoiando a causa dos moradores. O gabarito de três andares para as construções naquela parte da orla passou a constar do novo Plano Diretor da cidade, votado e aprovado pela câmara dos vereadores da capital, que acatou a proposta que proibia a construção dos espigões, preservando a vista ampla da praia. Foi uma grande vitória para os moradores da Rua Cândido Rondon e para a cidade!

Aos poucos as viagens para a Capital foram ficando mais esparsas, os antigos amigos mais distantes... O envolvimento com o tema da dissertação do mestrado foi crescendo quando, enfim, caiu a ficha da mudança de cidade para Bianca. Experimentou pela primeira vez a saudade como uma queimação dentro do pulmão, das vias respiratórias. Estava visitando uma amiga muito querida, olhando fotografias da época em que costumavam ir, em grupo, passar o período da lua cheia em alguma praia distante. Cheios de esperança e juventude, olhavam a lua cantando e tocando violão. O luar clareando a espuma, o cheiro dos sargaços, o céu brilhando, a água morna, muita confusão em suas cabeças e a felicidade. Sim, sentiu saudade de uma felicidade que acabara de descobrir e que já lhe escapara. A amiga, a esta altura casada e com filhos, mostrava as fotos como uma lembrança boa, quase banal. No entanto, compreendeu ali, outra vez, que havia perdido alguma parte de si para sempre.

O ponto de equilíbrio de Bianca foi a sua dissertação de mestrado. O material que estava estudando era proveniente de poços perfurados pela única empresa exploradora de hidrocarbonetos funcionando no Brasil. Por este motivo, o seu estágio no centro de pesquisas desta empresa, durante um ano, lhe proporcionou a oportunidade de examinar lâminas ao microscópio todos os dias, totalizando quatorze poços examinados, cada poço com uma média de três mil metros de profundidade e uma infinidade de lâminas. Entrava às sete e trinta da manhã e saía as dezesseis e trinta da tarde, só parando para almoçar. Este estágio foi fundamental para que concretizasse seus estudos dos nanofósseis calcáreos. Trabalhava ao lado de geólogos experientes, com os quais teve uma ótima convivência, e, ao final, escreveu sua dissertação de mestrado, que foi muito bem recebida pela academia e pela própria empresa.

Bianca percebeu que tinha facilidade de visualizar pequenos detalhes morfológicos, tinha um tino visual que a ajudava muito a reconhecer as diferentes espécies e outros grupos nos estudos de taxonomia. Ela ambicionava continuar pesquisando os nanofósseis e o seu meio ambiente, queria entrar na área da ecologia. Concluído o mestrado, se candidataria ao doutoramento no mesmo departamento da universidade federal.

Bianca não sabia que o Rio de Janeiro era tão difícil... Estava fazendo um trabalho espiritual para fortalecer seus familiares e amigos queridos enquanto aguardava Zé Luís chegar. Zé Luís era o médico homeopata indicado por uma amiga da Capital, e viria consultá-la para tentar entender o que se passava com ela. Enquanto esperava, separou os livros de poesia, abrindo-os nos poemas prediletos e com eles construindo uma mandala no chão da pequena sala do velho apartamento do Catete. Ao lado de cada livro aberto acendeu uma vela e por pouco não tocou fogo nas cortinas do apartamento. Com um terço benzido pelo Papa entre os dedos, iniciou uma reza que se prolongou por toda a tarde. Seus familiares estavam a quilômetros de distância e não faziam a menor ideia do que estava se passando.

Chegou exausta ao hospital, levada por Augusto, seu companheiro, atônito com as situações inusitadas que vinha enfrentando. Adormeceu após tomar uma bateria de remédios prescritos por doutor Pedro, o médico de plantão, tendo sido necessários dois enfermeiros para lhe segurar enquanto uma enfermeira lhe abria a boca e introduzia os comprimidos. Acordou muito tempo depois num salão grande de paredes esverdeadas com várias camas de ferro pintadas de branco, a enfermaria. Era cedo ainda, o dia não tinha se firmado. Olhou para a mesa ao lado, conseguiu ver a maleta mal fechada, deixando de fora o robe azul. Sentou-se atordoada na cama alta, quando se lembrou que teria que chegar em casa antes das cinco horas da tarde, a hora que Augusto chegava da universidade. Procurou com os dedos dos pés algo para se apoiar, e, alcançando uma pequena escada de ferro, deu um pulinho até o chão frio. Vestiu o robe azul, calçou as sandálias, tirou a carteira, o terço, fechou a maleta e saiu caminhando devagar até a porta.

A porta dava para um imenso corredor escuro com paredes de marmorizo, por onde foi andando, devagar, em direção à claridade, onde acreditava ser a saída principal, mas antes que a alcançasse ouviu um grito vindo da enfermaria, alertando que a paciente do doutor Pedro não se encontrava mais em sua cama. Viu dois enfermeiros altos e fortes cercando a porta da saída e logo desapareceu pela escadaria que dava acesso aos andares superiores e ao subsolo, onde ficava o pátio. Enquanto os enfermeiros subiam para os andares superiores à sua procura, Bianca já estava no subsolo. Esquecida do que tinha ido fazer no pátio, sentou-se no batente de cimento liso atrás dos últimos degraus, absorta nas lembranças dos seus familiares. Vez por outra via um dos enfermeiros procurando-a no cinza da madrugada, mas o local onde ela estava era perfeito: ninguém conseguia vê-la.

No térreo havia duas enfermarias na ala feminina, uma de cada lado do corredor. Para cada enfermaria havia uma plantonista, que se encarregava das medicações e solicitações das pacientes durante a noite. Eram substituídas às 8h da manhã, quando chegavam os outros empregados que ali trabalhavam. O pátio ficava à esquerda de quem desce a escadaria, a cozinha ficava ao centro, e à direita ficavam os corredores da indigência.

No andar de cima, Nair acabara de ter uma ideia: fugir. Os enfermeiros estavam ocupados procurando pelos gatos que costumavam ficar na entrada do hospital e não iriam importuná-la. Ela sabia que alguém havia fugido da enfermaria das mulheres, pois ouvira gritos vindos do andar térreo. Seu quarto ficava no primeiro andar, próximo a escadaria, e tudo o que precisava fazer era descer para o térreo e procurar pela saída. Em dúvida se levava ou não a mala contendo suas roupas, passou batom nos lábios, calçou os sapatos altos, que trouxera à revelia da família, e levou a mala consigo. Desceu fazendo um leve barulho com os saltos, chegando ao andar térreo bem em frente à saída, onde havia dois táxis parados e dois enfermeiros de roupas cinzas em pé, de costas para ela. Mudou de ideia, continuando a descida para o subsolo.

Escondida no pátio, Bianca lembrou-se claramente que estava fugindo do hospital e que a movimentação dos enfermeiros havia cessado. Ouviu apenas um barulho de passos descendo as escadas, que acreditou serem da enfermeira procurando por ela a mando de doutor Pedro, o médico plantonista. Ficou bem quietinha para não ser vista. Nair passou sem vê-la, resoluta na direção da ala dos indigentes. Não sabia, naquele momento, que se tornariam amigas. Algum tempo depois, um dos enfermeiros dirigiu-se, apressado, à ala dos indigentes, de onde partiam gritos. Lembrando-se dos parentes, enrolou o terço entre os dedos e rezou sem deixar de prestar atenção no enfermeiro que vinha carregando Nair nos braços como quem carrega um bebê: levando mordidas e ouvindo impropérios, para logo em seguida receber a ajuda de um segundo enfermeiro. Aproveitou que estavam todos ocupados, subiu rapidamente a escadaria sem fazer barulho e chegou à saída, onde estavam os táxis. Fez sinal para o primeiro da fila, entrou e deu o comando: Rua do Catete, 199. O taxista, vendo-a de robe, resmungou: "Madame, minha obrigação aqui é só levar e trazer passageiros, o resto é com os médicos e com os enfermeiros".

A esta altura dos acontecimentos estava ciente de que havia sofrido um surto psicótico e precisava de um acompanhamento psicanalítico e psiquiátrico, o que já vinha acontecendo. Jamais adivinharia, entretanto, que naquela tarde, fugindo do trânsito no centro da cidade, entraria em um centro cultural onde havia uma exposição de Carlos Drummond de Andrade, cuja poesia conheceu através de Augusto. Esta visita atuou como um portal para dimensões já esquecidas e perspectivas ainda desconhecidas do mundo dos poetas, escritores, pensadores da linguagem, ao qual sua mãe a introduziu, lá na pré-adolescência. Naquele espaço tudo girava em um outro tempo, que não o tempo confuso e ameaçador do lado de fora. Um tempo plástico, dúctil, que aos poucos foi modificando o seu presente intranquilo.

Passou a frequentar o centro cultural e suas rodas de leitura com grandes escritores, como havia pensado um dia, quase face a face com os autores que sua mãe lhe apresentara, e com outros que aprendeu a apreciar. Estava enfrentando os seus medos das maneiras possíveis: escrevendo, ouvindo palestras, fazendo oficinas de escrita poética, assistindo a exposições de artes plásticas, e, mesmo sentindo-se uma coxa, trôpega e abismada, foi entrando no mundo da beleza, da arte, da estética, abrindo a picadas as veredas que percorreria paralelamente à vida acadêmica e científica. Dali em diante suas esferas foram se tocando, foi aprendendo e tecer uma estrutura própria, afirmativa, estava conseguindo nascer outra vez, sair do limbo. Ali, nas cercanias da candelária e dos Arcos da Lapa, não havia tempo para sofrer. Salas cuidadas e silenciosas guardavam livros de poetas espanhóis, límpidos chãos de mármore mostravam pinturas de Dali. Cânticos eram entoados intermitentemente em capelas, em meio à algazarra da bolsa de valores, buzinas, bares, buchichos, à polícia, aos pivetes. Tudo poderia acontecer entre a Candelária e os Arcos da Lapa. Um tiro, um canto lírico, uma cerveja gelada. No centro da cidade do Rio de Janeiro, por onde Bianca agora circulava.

Ela e Augusto ainda permaneceram um tempo morando no Catete, até Bianca ser admitida para o curso de doutorado, quando se mudaram para um apartamento maior, em Vila Isabel. Augusto fazia residência médica em um hospital situado no bairro do Maracanã, e a mudança veio a facilitar muito a vida do casal. Bianca continuou trabalhando os seus versos, mas o doutorado para o qual concorrera e fora aprovada estava tomando cada vez mais o seu tempo. O medo de não dar conta daquilo tudo a deixava com um certo pânico.

Se lhe perguntassem, Bianca não saberia explicar o porquê de ir tanto à igreja, assim como não saberia porque caminhava em círculos todas as noites na praça Barão de Drummond, depois de chegar da universidade, onde passava os dias olhando lâminas ao microscópio. Não saberia dizer por que lia tanto. Estava buscando algo que não compreendia... Assim como um helicóptero suspenso no ar, ela também não podia parar.

Perto da sua casa havia uma igreja onde estava sempre acendendo velas e encomendando missas para seus familiares e para prosseguir bem nos estudos. Era a igreja do Convento de Nossa Senhora da Ajuda. Foram tantas encomendas que, numa delas, a funcionária lhe encaminhou para a madre superiora, que a aguardava. Sem saber do que se tratava, seguiu a funcionária por um corredor cheio de portas, até que uma delas se abriu e foi encaminhada a uma sala aparentemente vazia. A porta fechou-se atrás de si. No canto estava um banco de madeira escura, onde sentou-se e ficou aguardando alguma coisa acontecer. Uma voz suave de mulher a cumprimentou, se apresentando como a madre superiora. Vinha de trás de uma tela escura e vazada que constituía uma das paredes da pequena sala, deixando ver um vulto claro que lhe perguntou o porquê de tantas encomendas e graças. Não soube o que dizer, contou-lhe que estava fazendo doutorado... E ficaram em silêncio. A madre perguntou se Bianca desejava seguir a vida religiosa. Ela disse-lhe que não. Depois a madre explicou sobre a ordem a que pertencia e conversaram um pouco. A conversa com a madre superiora foi breve.

Nessas idas ao convento sempre aproveitava para observar o movimento em torno da igreja, onde havia muitos gatinhos. Se amontoavam no jardim. Olhinhos abertos, miavam mordendo uns aos outros na maior brincadeira, perto das mães, que lhes ofereciam as tetas para mamar. O Convento e sua igreja eram uma construção antiga que ficava em frente à praça Barão de Drummond, e, por ser elevada em relação ao meio-fio, dava para ver bem de perto a bagunça que faziam. Ao rés do chão ficavam os castiçais comunitários, onde fiéis acendiam suas velas às segundas-feiras, deixando uma crosta escura de parafina sobre a larga calçada e parte dos paralelepípedos. Não se sabe quem levava os gatinhos para o jardim, mas todos os alimentavam à luz do dia pelo gradil. Falava-se à boca miúda que as freiras não gostavam nem que os alimentassem, nem que eles se reproduzissem, mas a cada dia que passava aumentava a quantidade de gatos e de senhoras com sacolas cheias de restos de comida para lá e para cá. Isso gerou um estresse entre as beatas, as freiras enclausuradas e os funcionários que faziam a comunicação com o mundo cá fora. A situação chegou a tal ponto que, numa certa segunda-feira, os gatos amanheceram todos mortos. Rapidamente limparam o jardim, mas a boataria se espalhou pelo bairro. Logo mais à noitinha, ao acender uma vela para o seu santo de devoção, Bianca ouviu uma senhora resmungando ao seu lado enquanto acendia a sua:

— Não adianta, amanhã o jardim vai estar cheio de gatos novamente!

Bianca ficou horrorizada com a ideia de envenenarem os gatinhos, mas a senhora continuou:

— Os gatos morreram afogados no laguinho.
— Quem? Quem teria feito tal atrocidade? – perguntou.
A senhora cobriu a boca com uma das mãos e sussurrou:
— As freiras!

Bianca pensou ser intriga daquela senhora... Curiosa para ver o desenrolar dos acontecimentos, foi para casa esperar pelo outro dia. Na missa seguinte, observou que o gradil estava todo fechado com tapumes e entendeu quem tinha ganhado a parada, pelo menos por enquanto.

Aos sábados Bianca e Augusto sempre almoçavam uma feijoada no Parmê que ficava em frente à praça Barão de Drummond, e vez por outra convidavam alguns amigos para almoçarem com eles. Desta vez estavam a sós, e caminhavam ao redor da praça quando Bianca aproveitou para subir as escadarias do convento e solicitar um missa de ação de graças ou algo similar. Tentou ver se havia alguma novidade sobre os gatinhos, mas não havia. Augusto estranhou os tapumes em volta do convento. Bianca tentou explicar a situação ao marido, que se divertia com a curiosidade e com as incursões de Bianca pelo bairro. Um shopping havia sido inaugurado por perto, então foram ver as novas opções de restaurantes e depois voltariam para casa.

O domingo seguinte estava belo, ensolarado, o céu azul. A praça Barão de Drummond estava cheia de crianças passeando com suas mães, que se limitavam a dar voltas no entorno da praça, sem entrar na igreja. Bianca ficou surpresa ao ver que os tapumes foram todos retirados, e que não havia mais gatos. O assunto da conversa entre as beatas, sempre discretas, era que o padre ordenara a retirada dos tapumes à revelia da madre superiora.

Ficou sabendo também que eles não se davam muito bem e que disputavam o poder no espaço em comum entre a igreja e o convento. Já gostando das missas do padre João, torcia pela volta dos gatinhos, cuja ausência no jardim só poderia ser explicada pelo pavor deixado entre as beatas depois da morte dos bichinhos.

Não seria exagero afirmar que a Vila Isabel era sustentada por orações e pelo samba. Eram mais de sete igrejas só na rua Vinte e Oito de Setembro, onde estava localizado o convento. Isto sem contar os terreiros de umbanda espalhados pelas ruas estreitas do bairro. Umas semanas depois, ouvia-se um zum zum zum de que a bateria da escola estava com novos tamborins, e que teriam usado os gatos do convento para fabricá-los, mas os bateristas juravam não ter assassinado os gatinhos. Houve uma comoção geral transmitida no boca a boca, no disse me disse. O assunto chegou aos ouvidos do padre João, que queria resolver o problema sem chamar a atenção da polícia e muito menos da imprensa.

— Mas, padre João, os moleques disseram que foi o pessoal da escola... Acho até que o senhor deveria falar com o delegado... – disse um dos funcionários do convento.

— Não! – interpelou o padre João. — Me traga o mestre de bateria... Diga que quero conversar com ele.

O padre João era muito respeitado na Vila, e o mestre de bateria tomou o cuidado de apurar a conversa sobre os tamborins antes de falar com ele. Reuniram-se na quadra da escola.

— Digam lá, vocês mataram ou não mataram os felinos do convento?

Criou-se um burburinho, até que um deles se fez ouvir:

— Ficamos sabendo há umas semanas que havia uns gatos caídos no jardim do convento, mas não fomos nós que os matamos, não! Os bichanos já tinham ido para o céu dos gatinhos quando chegamos por lá. Ficamos com a pele para fazer os tamborins, afinal, não é todo dia que a gente tem uma oportunidade como essa de melhorar o som dos nossos tamborins, como ele era antigamente, mestre!

— Foi chumbinho? – perguntou o mestre de bateria, meio patético.

— Não, senhor – respondeu, raciocinando, o integrante da escola.

Essas conversas chegaram aos ouvidos das beatas e, consequentemente, aos de Bianca.

De posse das informações do mestre de bateria, padre João teve uma conversa séria com a madre superiora, tentando explicitar a *causa mortis* dos gatinhos, insinuando, inclusive, chamar a polícia e a imprensa para resolverem a situação. A Madre Superiora, de olhos arregalados, não disse uma palavra. Depois dessa conversa, os gatos voltaram a aparecer nos jardins do convento, e tudo o mais passou a ser como era antes, inclusive o laguinho. Só não havia mais reclamação por parte das freiras, disseram as beatas logo que Bianca chegou para assistir à última missa da sua novena. Haja emoção para quem só queria pagar uma promessa ao querido Santo Expedito, suspirou Bianca.

De tanto assistir às missas e transitar no prédio do convento, uma das beatas sempre a chamava para fazer a primeira leitura do evangelho. Nessa época, por conta das oficinas de poesia, era comum Bianca ler poemas em voz alta, tinha uma certa cancha. Inicialmente, era conduzida junto com outras pessoas para um banco ao lado do altar, perto do padre João, que na hora da leitura fazia-lhe um pequeno aceno, dava-lhe a bíblia e o microfone, daí ela começava a ler. Falava pausada e claramente trechos muito bonitos da bíblia, o padre João gostava. Percebendo isto, depois da missa Bianca foi até o salão mais interno da igreja, onde o padre recebia os fiéis após a missa, esperou sua vez de ser atendida e o convidou para um almoço em sua casa. Ele ficou de dar a resposta na semana seguinte, e assim ele disse o mesmo durante três ou quatro semanas, até que enfim marcaram o almoço. Bianca chamou uma amiga do doutorado que morava em Niterói, e que adorou o convite. Augusto torcia pelo mesmo time do Padre João, então conversaram muito animadamente. Foi um almoço muito alegre.

Se lhe perguntassem, Bianca não saberia explicar o porquê de ir tanto ir à igreja, assim como não saberia porque caminhava em círculos todas as noites na praça Barão de Drummond depois de chegar da universidade, onde passava os dias olhando lâminas ao microscópio. Não saberia dizer por que lia tanto. Estava buscando algo que não compreendia. Certamente estava tentando fugir da tese de doutorado, fugir da vida. Assim como um helicóptero suspenso no ar, ela também não podia parar. Dia após dia percorria o labirinto das palavras para matar os demônios que a aliciavam, mas não encontrava razão para isto. Os cavalos não davam trégua, não podia parar nos regaços e viver. Os cavalos estavam resolutos. Tragavam-na com suas crinas para o labirinto. Viver tinha suas exigências.

Reencontrou Nair em Vila Isabel, fazendo compras nas Casas Sendas. Reconheceram-se imediatamente. A primeira coisa que Nair lembrou quando viu Bianca foi do grito da enfermeira do hospital psiquiátrico, alertando que alguém havia fugido da ala feminina do hospital.

— E era você! – disse Nair, rindo carinhosamente. – Um grito que parecia a sirene da ambulância do hospital.

Riram um pouco sobre as tentativas de fuga e capturas pelos enfermeiros do hospital ao perceberem que o táxi no qual Bianca queria fugir não dava partida. Na ocasião, ambas haviam surtado e ficaram uns dias internadas até a crise passar. Trocaram ideias enviesadas e ficaram sabendo um pouco uma sobre a vida da outra. Agora estavam morando em Vila Isabel, bairro de tiroteios e balas perdidas. Bianca comentou com Nair que havia deixado de usar o telefone de casa justamente para evitar que a escuta feita por traficantes do Morro dos Macacos não a localizasse. E que sempre que ligava para alguém, ia para o andar térreo do Shopping Iguatemi, pois acreditava que isto confundiria a escuta dos traficantes. Em casos urgentes, fazia suas ligações do orelhão. Nair ouvia atentamente a narrativa, que tinha algo de familiar.

— Augusto não se preocupa com isso... De ninguém atender o telefone? – disse, olhando matreira para Bianca.

Bianca respondeu que o marido era muito amoroso e meio caladão, não era de ficar telefonando, que a deixava bem à vontade... Nair aproveitou para desabafar que era um transtorno para os filhos e para o marido com suas manias, e que seu consolo era a filha menor sempre ficar do seu lado. Balançou a cabeça reprovando a situação, dizendo que parecia existir uma disputa eterna dentro de casa. Quando havia qualquer discussão entre ela e o marido, os filhos logo tomavam as dores do pai, e a menina sempre ficava com ela. Abanou o ar com uma das mãos e falou que, apesar de tudo, a família seguia integrada.

— Nunca me senti diferente por ter surtado ou por me tratar com psiquiatras e psicanalistas, Nair... Por tomar remédios controlados – disse Bianca. — No trabalho pouca gente sabe, outras nem desconfiam... – riram novamente. — Você acredita que tenho uma amiga em Ouro Preto que também não se importa de eu não a atender mais pelo telefone de casa? Quando queremos conversar, nós marcamos um horário e ela liga para um orelhão aqui em frente à Parmê, onde eu aguardo a ligação. Sempre dá certo. Aliás, nunca deu errado! Sempre temos assunto, e conversa interurbana pelo celular nem pensar, é muito caro.

— Inacreditável Bianca, vocês são muito organizadas aí nesses telefonemas – disse Nair, em tom de brincadeira. — E você tem sorte! – concluiu Nair.

Bianca sorriu, concordando. Ao final da conversa, recomendou-lhe que continuasse o seu tratamento e se despediram. Na volta para casa, ia lembrando de um sonho que havia contado pelo orelhão à amiga de Ouro Preto, na semana passada. Se ligavam quase todos os dias.

Querida Rebeca, vínhamos, eu e você, da casa de Matias, que ficava em um lugar totalmente diferente do que nós conhecemos. Estava escurecendo quando encontramos aqueles seus amigos de Bê Agá se dirigindo para lá. Achamos melhor deixá-los ir e continuarmos a nossa caminhada para a universidade. Confesso que experimentei um sentimento de tristeza ao saber que Amilton voltara sozinho do Rio Grande, sim, aquele que anos antes deixara tudo para seguir uma mulher pela qual sentiu uma atração incontrolável... Voltou para morar justo em frente à casa de Matias... Não sei por que depois disso me dei conta de que o tempo passou... Daí já estava escuro e continuamos a caminhada pelo bairro, procurando por um ônibus ou um táxi que nos levasse pelo menos perto da universidade, com a sensação de que Matias estava nos seguindo, tentando ouvir nossa conversa. Chegamos a uma avenida movimentada, fazendo acenos, mas ninguém parou, então decidimos ir a pé; correndo altos riscos naquele trânsito da autopista, atravessamos a avenida. Aí mudou tudo.

Era dia claro, as casas do outro lado eram charmosas, de uma arquitetura baixa e bem construídas, com desenhos esculpidos, lisos e coloridos. Você dobrou a esquina esperando que eu lhe acompanhasse. Do lado direito havia um terreno baldio. Vi um carro abrir a porta e um homem jogar um corpo nu de uma mulher morta. Disse: Rebeca, não olhe. Acompanhei sua caminhada pelo bairro gracioso, você gostava de caminhar, era curiosa, eu sentia um pouco de preguiça, mas lhe acompanhava. Senti sua amizade me guiando pelas ruas estranhas. Sim, lhe seguiria mesmo sabendo que você estava perdida. Ficamos horas a fio apreciando os arabescos coloridos e simplificados. Em uma subida bem íngreme, já sem me preocupar com o destino, notei a presença do homem que havia jogado o corpo da mulher no lixo. Fiquei em dúvida se havia nos reconhecido como testemunhas do crime, mas você, que não havia visto nada, continuou conversando com tranquilidade e desfez as prováveis suspeitas do assassino. Demos voltas agradabilíssimas pelo bairro, sem perceber que estávamos nos aproximando mais e mais do terreno baldio. A sensação de medo apoderou-se de mim: olhei para o terreno sem vestígios do corpo, apenas um monte de lixo.

Certo dia Bianca saiu de casa mais cedo para ir à universidade, pois estavam no horário de verão. Augusto também levantou, tomaram café e saíram. Augusto iria a pé pela Vinte e Oito de Setembro até o hospital. Deu um abraço e um longo beijo em Bianca, que pegou o primeiro ônibus na praça e saltou no Castelo, para daí pegar o segundo ônibus que a levaria à universidade. Achou tudo muito escuro, mas se dirigiu ao ponto do ônibus que a levaria à Ilha; foi quando escutou a voz do vigia de um dos prédios próximos, alertando-a para não seguir em frente, pois provavelmente havia bandidos lá no ponto para o qual se dirigia. "Entre aqui", disse-lhe, abrindo um portão que dava para um pátio interno. Seu senso de sobrevivência optou, sem pestanejar, por atender ao vigia, tão mal-encarado quanto os rapazes reunidos na esquina. Esperou o dia clarear sem dizer uma só palavra, em total suspense, até poder ver bem como era o pátio onde estava, e ouvir de novo a voz do vigia: "Agora pode ir que está seguro". Agradeceu, pegou o ônibus e seguiu até a universidade com o pensamento vago. Provavelmente havia esquecido de ligar o despertador e acordara ainda mais cedo do que deveria. No dia anterior ficara sabendo que estava grávida.

Enquanto o ônibus seguia para a Ilha, Bianca ia pensando que era realmente perigoso ir tão cedo assim para o campus. Falaria com seu orientador, e daria um jeito de chegar à universidade um pouco mais tarde, já que estava grávida. Durante a gravidez a psicanálise deu um salto qualitativo. Conversava muito com Bertha sobre a infância vivida em uma família até certo ponto desestruturada, sobre a mãe ausente e a falta de afeto entre os pais e irmãos. Sobre a responsabilidade do doutorado. Abriu o coração com Bertha tentando ganhar um tempo de saúde mental que queria ofertar a sua filha, que se chamaria Ana, Aninha. Percebeu o corpo mudando. A palavra *grávida* foi se enchendo de significados, algo diferente da sensação etérea que sentiu quando estava apaixonada por Augusto. Começou a reparar o mundo à sua volta, um mundo maior, do qual queria fazer parte. Estavam ela e sua filha em gestação. Bianca pensava que, apesar de tudo, teve sorte na vida: contou com pais trabalhadores e dedicados aos filhos e, ao chegar ao Rio, encontrou Augusto, que veio a se tornar um médico psicanalista. Contou com os melhores especialistas na área, que a ajudaram a dar conta da vida. E agora estava grávida de uma menina. De repente veio a ideia de mostrar sua filha à Mariquinha da Silva. Sorriu.

Lá pelo terceiro mês de gravidez, Bianca levou um texto escrito para Bertha, a analista. Assim dizia:

Não saberia dizer quando aquela reunião começou. Assim, do dia para a noite, estávamos lá, juntos na mesma casa. Tempos depois, compreendi que éramos irmãs, irmão, pai, mãe. Éramos uma família. Eu, a filha mais nova. Bem depois, compreendi que éramos uma família cheia de mágoas, calada, cada um com seu cadeado próprio e invisível. Desde então, escavo o passado buscando vestígios daquele desacerto do destino.

Quando me dei conta, os irmãos foram saindo para longe da casa, e achei por bem sair também. Me sentia meio torta por ter me afastado, assim pareciam sentir os irmãos. Passamos a nos reunir longe da casa, para ver se desentortávamos. Levamos anos e anos nessa peleja. Até que o pai morreu e morreu a mãe. Os filhos dos filhos gostavam da casa, se sentiam bem lá. Achei estranho, mas reparei que havíamos desentortado um pouco, por isso dava para escrever, desenhar e até gritar: paaaaaai! mããããde!

Só mais tarde demos para prosear. Coisa que duvidava. Primeiro pelo telefone, que era mais barato. Depois viajamos juntos, nos vimos mais. Sobrava tempo para a prosa. Pra chafurdar nas lembranças. Cada um com seus enfrentamentos, cada um com seus leões.

Essa disposição para a prosa tem a ver com a bonança dos tempos, pois batalhas foram muitas. Como já disse: cada um com seus enfrentamentos, cada um com seus leões.

Nas dobradiças do tempo peguei uns livros emprestados, li um poeta do Maranhão, fiquei apaixonada, persegui os livros, o persegui. Ia ter palestra eu estava lá, ia ter leitura, eu estava lá. Um dia descobri onde trabalhava: Ministério da Cultura. Prédio do MEC. Vesti uma saia estampada, uma blusa azul. Sandalinhas rasteiras. Cheguei perguntando por Ferreira Gullar. A secretária me indicou a terceira porta ao fim do corredor. Me recebeu. Saquei o Toda poesia *e li um poema apontando para sua atualidade. Ele ouviu, proseamos um pouco, me fez uma dedicatória, saí satisfeita.*

Tomei gosto pela leitura, resgate de uma parte boa da infância, com a mãezinha. Às vezes tem partes boas na infância, só precisa botar a cabeça pra funcionar. As loas da mãezinha: quando falávamos uma palavra sem propósito, ela cantava uma música. Sempre tinha letra para as palavras sem propósito. Minha filha, você precisa ler. Eu só tinha onze anos, li O amante de Lady Chatterley sentindo latejar entre as pernas. Emprestei pra uma amiga. Não sei se foi por essa época fomos bronzear em cima das telhas, de biquíni.

Vejo cachorros salivando com a boca aberta boa parte do tempo. Consigo situá-los cronologicamente na tenra infância. Eram grandes, de olhos azuis. Ficavam presos perto dos ácidos. O pai nos dizia para não tocarmos nem nos cachorros, nem nos ácidos. Nossa vida sempre foi meio perigosa. Ele sempre dava um jeito de aumentar a importância do que fazia para compensar a desimportância que lhe dávamos.

Fazia placas comemorativas encomendadas pela prefeitura. Tempos depois entendi que ele usava a técnica da água forte para gravar cobre e outros engenhos. O pai gostava de prosear com os de fora. Valorizava os de fora. Isso doía até o fim da medula.

Havia muita energia que precisava ser dissipada, e dissipamos. Dissipamos em filhos, em trabalho, só o amor era desconcertado.

Não entendia o caminho das palavras. Elas eram sequestradas entre o querer e o dizer. Não coincidiam. Fiquei confusa. Às vezes saíam da boca da mãe, voltavam pra minha boca. Às vezes elas ficavam girando pelo teto. Eram palavras pontudas. Achavam que a mãe não sabia o que dizia, mas eu sabia que ela sabia... Ela sabia. Antes de falar as palavras pontudas a mãe se preparava: balançava a perna, levantava-se no meio da noite para lavar a louça, perdia algo que nunca achava e procurava, procurava, revirava tudo até partir para cima do pai. Eram os curtos-circuitos da nossa velha fiação de afetos.

A mãe era bonita. Estava sempre perto dela, ouvindo música, olhando o mar. Tocava piano. Quando não estava nas estâncias. Ficávamos em silêncio, em comunhão. Vinha de longe para sentar-me ao lado dela na varanda, todos os anos. Nossa vida foi marcada pela ausência. A ausência mais presente que se pode ter.

Veio a bruma. Tudo era um sonho só. Indistinguível. Anos e anos andando sobre dunas, favelas, edifícios, grama, capim, barranco, rio. Uma luz sequer, um farol, não havia. Só o medo de ser triste. Pois em terra de alegria quem tem olhos é só. Sozinho. E enxerguei muita coisa no escuro desses tempos. Todos tinham medo da tristeza. Quando chegava a hora de serem tristes, se afastavam ou iam jogar baralho.

Ou então enfrentavam pilhas de livros inalcançáveis, esperando na biblioteca. Depois se ramificavam por dentro dos computadores conectados a satélites. Fugindo da solidão.

Depois de tudo terminado quando não se desistia, e os números se casavam, vinha uma sensação de euforia. Os dardos todos em seus alvos. Esticávamos o máximo que podíamos aqueles momentos. Os momentos seguintes sempre vinham. Trabalho com carteira assinada, às vezes filhos, às vezes a aposentadoria.

E um leão rugindo por dentro, querendo viver.

No Rio de Janeiro, meninos voavam dentro da brisa,

silenciosos, formando rotas sobre a mata, pedras, mar, e seus suores. Eles tocavam os minúsculos edifícios na planta aberta da cidade. Amavam o dia. Ancoravam na praia e não se aventuravam na escuridão.

Aninha nasceu em casa às dez horas da manhã de uma quinta-feira de agosto de 2001, nas mãos da sua obstetra e na presença de Augusto, no apartamento em Vila Isabel. Bianca quis proporcionar o melhor nascimento possível à sua filha e estar lúcida para recebê-la neste momento tão importante para os quatro; a obstetra era uma pessoa muito dedicada. O primeiro banho foi dado por Augusto, que cuidou muito bem da pequena Ana. Diria que a partir desse dia Bianca nasceu muitas vezes, aprendendo a cuidar da filhinha, torcendo para que este seu primeiro nascimento tenha sido bom e verdadeiro, para que ela renascesse sempre ao lembrar dele. Diria também que Augusto vem lhe ensinando a ser mãe, a suprir sua filhinha de cuidados e de carinhos. De delicadezas. Coisas que desconhecia quando criança. Ao cuidar de Aninha, Bianca estava cuidando de si mesma e de Augusto. Ainda grávida, lembrou muito da experiência da amiga Nair com seus filhos, e das suas próprias dificuldades com sua mãe, Concepción. Refletiu muito sobre Nair e Concepción, elas se pareciam. De como sua mãe usava batom bem vermelho todos os dias, dos saltos altos de Nair. Elas eram mulheres vaidosas; acima de todos os desacertos e dificuldades, uma centelha de vida que permanecia, apesar dos pesares. Da mãe que aproveitava os momentos de lucidez para encaminhar os filhos nas artes, o que mais apreciava e valorizava na vida; que lhe ensinou o bem-querer, a simplicidade, a generosidade, o amor incondicional. Bianca não sabia se eram traços da personalidade de Concepción, ou adquiridos com a experiência da loucura e das internações. Ambas, sua mãe e Nair, eram muito humanas. Nunca pensou que conseguiria falar sobre isto com a analista. Ela, Bianca, que ficara tanto tempo em silêncio, esteve durante a gravidez escrevendo muitas palavras, em forma de poemas e escritos para Bertha, uma maneira de enfrentar os medos mais arraigados na sua alma. Depois do parto se envolveu com Aninha, com tudo relacionado à nutrição, ao asseio e à proteção do outro. Esquecia do mundo, totalmente imersa naquela bebê. Aos poucos ela e Augusto conseguiram se organizar com creches e horários e voltaram à universidade, onde Bianca se tornou professora, uma conquista definitiva. A escolha do Rio de Janeiro para viver com seu marido e sua filha estava se concretizando. Estava cada vez mais engajada na vida, a Capital era apenas um retrato na parede... E não doía.

Estava dando conta bem razoavelmente do discurso corrente, atualizado e lógico, só que agora queria pilotar ela mesma a sua nave própria. Se por um lado a introspecção havia tornado a linguagem verbal muito difícil, por outro, foi a responsável por movê-la no mundo, fugindo sempre do cão farejador de perdizes, ela, uma ave migratória.

As oportunidades surgiam em diversas vertentes. Era convidada a escrever capítulos para livros didáticos e artigos para revistas científicas e para revistas de divulgação científica, o que a ajudava bastante. Novas edições solicitadas, novos conhecimentos colocados à disposição. Com a experiência da comunicação por via escrita, encorajou-se a publicar as poesias que sempre vinha fazendo, independentemente de qualquer coisa, o que acrescentou muito à sua percepção estética da linguagem. Tudo isso a ajudava a caminhar, a existir. Entretanto, havia algo a dizer, e não haveria tempo nem espaço nesses gêneros literários para dizer tudo o que precisava. Foi quando se deu a passagem para a prosa, um parto necessário e difícil, onde se sentiu exposta, sem dados científicos a comunicar, nem imagens poéticas a revelar. Não havia biombos para dar sentido à sua escrita. Com os textos em prosa estava face a face com o horrível e o *non sense*. A linguagem intermediando o duelo. Mais do que nunca se sentia coxa, trôpega, sem saber se estava se afastando ou se aproximando do belo, do normal, se o belo era necessário, se era obrigatório. Só Bertha tinha acesso à sua prosa.

A palavra falada continuava uma ferida aberta, falar a expunha de uma forma cruel, suas conversas com Bertha a impingiam a amenizar a enorme dor. Lá um dia, sentiu vontade de pintar por sua conta e risco. Pintar com os dedos, como uma criança. Depois com pincéis. Entrou em aulas de pinturas, aquarelas, mas nada conseguia como expressão plástica. Certa vez comprou cartolina colorida, recortou formas aleatórias que lhes vinham às mãos e depois à mente. Experimentou espalhar, espalhar, expandir. Redescobriu a colagem, uma experiência que vivenciou quando criança, e, com ela, as formas, as cores e a enorme satisfação de resolver um problema estético. A inquietação era um estado permanente do seu espírito, e talvez por conta dela não sucumbisse ao pântano ameaçador. Bianca precisava inventar para não cair no abismo.

Outro dia, transitando pelo departamento, Bianca viu um pequeno cartaz de um evento na Casa da Ciência: Ciência para Poetas. Bom, ela era poeta e cientista. Foi até o bairro de Botafogo se informar se havia interesse em promover um ciclo de palestras com temas da geologia, um "Geologia para Poetas". Considerando o interesse demonstrado pela Casa em promover o evento, deu partida no que acreditava que lhe caberia fazer. Escreveu um texto expondo seu ponto de vista sobre as ciências geológicas de uma maneira poética, e mostrou para o geólogo mais conceituado do departamento. Ele leu e, para sua surpresa, disse concordar com tudo o que escrevera. Foi em frente. A partir deste texto, fez um projeto propondo palestras científicas de temas atuais da geologia, e, pasmem, leituras de poemas com grandes expressões da literatura brasileira e portuguesa contemporâneas. Convidou os palestrantes, todos de altíssimo nível, bem como poetas, também de altíssimo nível. Foram cerca de dez palestras e leituras de poemas para um auditório sempre repleto e curioso, e estas palestras e leituras transformaram-se em uma revista muito bem editada e amplamente distribuída. Durante o evento houve muitas trocas de informações e percepções do mundo, de onde concluiu que os seus colegas geólogos eram muito abertos a temas poéticos, e os poetas, muito interessados nas ciências da natureza – ou ambos interessados em ampliar seus curricula vitae. Esta empatia se deu talvez porque já existisse, tanto em geólogos e paleontólogos quanto em poetas, uma característica muito presente, que é a imaginação, o que levou Bianca a pensar o início do universo de uma maneira poética. O início do universo visto pela ciência, segundo os livros didáticos, era tido por Bianca como uma belíssima ficção.

"No começo, as espirais giravam. Um balé gigantesco gerou esferas, prismas, mares. Os cristais seguiram acomodando seus ângulos. Face a face apareceram hexágonos, triângulos, pentágonos, ametistas. Face a face, ângulos se ajustaram em favos de mel, em neve fresca, gomos de romã. Bem no fundo dos mares estão os búzios. Em silêncio as espirais aguardam. Tudo se move, nem os cristais adormecem."

Bianca estava se dando conta de que tinha muita imaginação. Durante uma aula prática, refletia sobre a semelhança entre uma colônia de corais fósseis que mostrava para os alunos e um favo de mel de abelhas. Passou a ler sobre formas e designs, sobre seção de ouro, série de Fibonacci, o ângulo ideal em botânica, a espiral logarítmica, os ensinamentos dos fractais. Ponderou que as formas decorrem da posição ocupada pelos átomos na matéria, posição geralmente fixa nos minerais, mas que outros arranjos podem resultar em moléculas, tecidos, órgãos, borboletas, caranguejos e girassóis. E que, independentemente do grupo orgânico a que pertençam, existem aspectos como simetria, proporção, harmonia, ritmo, movimento, que são autônomas em relação ao seu conteúdo, sugerindo uma ordem, uma organização geral no universo. Bianca parou sua pesquisa por aí. Não poderia entrar na metafísica.

Tempos depois, conversando com um colega atento a esta questão, e exímio fotógrafo, resolveram fazer um livro demonstrando com fotografias as semelhanças das formas cristalinas com as formas orgânicas e aquelas formas "inventadas" pelo homem, sem se preocuparem muito com teorias, apenas mostrando as belas e intrigantes imagens. De tão entusiasmados que ficaram, convidaram alguns poetas para escreverem, inspirados nas formas fotografadas. Conseguiram financiamento, e a primorosa edição de uma grande editora. Aninha, já uma menininha, acompanhava tudo o que a mãe explicava, admirando as belas fotografias, entusiasmada com o tema tanto quanto ela. Augusto também acompanhava e vibrava com suas conquistas...

Raciocinou que se dissesse algo inapropriado ali, não seria censurada. Esta era a sua expectativa em relação aos demais, principalmente na universidade. E disse seus poemas. Foi como um pouso para uma ave cansada de voar. Acolheram suas palavras mais íntimas, os seus poemas.

Mas... A Universidade não dava espaço para o erro, e Bianca continuava quase sem colocar sua opinião diante dos colegas de trabalho, mantinha-se a uma distância segura dos embates. Desde que se introverteu radicalmente, ainda criança, só veio a se sentir com coragem de falar alguma coisa mais própria, diferente do discurso corrente, alguns anos antes, ao entrar em um grupo de poesia. Raciocinou que se dissesse algo inapropriado, ali, não seria censurada. Esta era a sua expectativa em relação aos demais, principalmente na universidade. E disse seus poemas. Foi como um pouso para uma ave cansada de voar. Acolheram suas palavras mais íntimas, os seus poemas. Ficou por mais de dez anos nesse grupo. Havia um certo distanciamento entre os componentes, mas uma total sinceridade e liberdade quanto ao que escreviam e o que diziam sobre os poemas uns dos outros. Uma espécie de respeito pela arte poética. Bianca estava crescendo por uma outra via.

Contando a Bertha sobre um curso que um professor visitante de uma universidade americana estava ministrando aos professores do departamento, Bianca narrava: *O instrutor ia explicando tudo a todos, e à medida que explicava cada coisa, e entendíamos, nós íamos nos dando conta de que estávamos presos. Não sei, na verdade, se todos se davam conta disso, de que era quase impossível sair das armadilhas. Ele explicava tão bem que ficávamos presos, assumindo cada ponto de vista, adquirindo formas diversificadas. Às vezes ficávamos retangulares e pequenos e entendíamos o universo e miríades das coisas retangulares e pequenas e, por tabela, também entendíamos das coisas grandes e retangulares, assim íamos experimentando o conhecimento das coisas do mundo como se fôssemos as próprias coisas. Às vezes nos víamos alongados, distantes uma infinidade de nós mesmos, o que ao mesmo tempo nos satisfazia e amedrontava. Eram muitas as capacidades que adquiríamos. Tudo ia ficando muito perigoso. Não tinha mais dúvida de que éramos observados, que fiscalizávamos uns aos outros. Pensava o tempo todo em uma maneira de sair dali. Sair fisicamente era quase impossível, pois estava em uma academia, matriculada com projeto, financiamento e tudo o mais, sou uma pessoa responsável... Fiz um esforço de memória, lembrei de um poeta português chamado Alberto Caeiro, que tinha uma maneira de interagir com o mundo muito peculiar, ele entendia o mundo e permanecia inteiro, livre. Passei a ler Alberto Caeiro entre uma instrução e outra. Passei a duvidar das instruções, a ler os múltiplos de Fernando Pessoa, seus heterônimos. Agora mesmo estou lembrando um verso de "Mar português": ah, mar salgado, quanto do teu sal são lágrimas de Portugal. Não sei se por causa das instruções, pude perceber nesse verso as grandes navegações, a direção dos ventos no oceano à altura do Bojador, a dificuldade de as caravelas voltarem para Portugal por causa das monções, o papel dos Himalaias nas chuvas que não paravam, os corações aflitos a esperar a volta dos navegantes, o luto por aqueles que não voltaram, a saudade. Tive que reconhecer que as instruções valiam, mas não eram suficientes. A partir de então somo às instruções, os versos. Ou seria o contrário?*

Bertha achou muito bonito o que ela lhe havia dito.

Mesmo assim, Bianca entrou no jogo acadêmico e terminou por conhecer poucos prazeres que se comparam a uma aula bem dada. Transmitir aquilo que suou para aprender, de uma forma leve, mas consistente, era como desatar um nó vagarosamente diante dos alunos. Mas nem sempre era assim. Tinha dias que não funcionava. E Bianca se perguntava, por quê? E não havia resposta. Mas às vezes havia, e ia procurando, procurando, lendo, estudando, até achar uma nova maneira de ensinar. A matéria era um lastro para a comunicação com os alunos, e para boas trocas.

Estava enfim ensinando, estudando e pesquisando tudo o que sempre quis sobre o ambiente marinho e seus organismos, desde quando cursava biologia na Capital, de uma maneira bastante interessante e aprofundada. Estava dando continuidade ao tema da sua dissertação de mestrado, investigando os conhecimentos ecológicos dos nanofósseis calcáreos, que passaram a ser uma área de interesse do órgão fomentador da pesquisa no Brasil. Estudava estes organismos que mediam nanômetros e viviam boiando na massa d'água dos oceanos, e que, além de servirem para datar camadas de rochas antigas e auxiliarem a situar rochas produtoras de hidrocarbonetos, permitiam desvendar climas do passado e do presente. Por serem uma ferramenta muito útil e sua pesquisa de baixo custo, foi possível desenvolver uma linha de pesquisa no Departamento e formar alunos de mestrado e doutorado. Junto com os alunos, interpretavam dados cedidos por navios oceanográficos, aferidos em instrumentos de alta precisão, desvendando aspectos oceanográficos e climáticos do passado geológico e dando subsídios para a compreensão do clima atual na costa do estado do Rio de Janeiro e de outras partes do oceano Atlântico Sul. Esta foi uma grande e determinante experiência em sua vida. Significava que além de ter se apropriado do método científico, ela estava dando conta de desejos e projetos antigos.

Dentro da montanha, o tempo cristalizado, silêncio, pedra. Fora, moviam-se seiva, sol e automóveis. De um lado, um mar safira extasiava surfistas e uns poucos inocentes. Do outro, flores saíam das mãos de chorões e sambistas. Muitos atravessavam as montanhas na cidade do Rio de Janeiro. Nas portas dos túneis havia pivetes armados.

Como sabemos, Bianca estava totalmente fincada no Rio de Janeiro e já ia longe o tempo em que tinha pavor de se perder na cidade. Mas a cidade estava se tornando cada vez mais perigosa. Certa tarde de dezembro, em pleno verão, estava voltando do consultório da analista em Copacabana, indo para o Recreio, para onde havia se mudado há bastante tempo. Um trajeto longo que sempre fazia em táxis da cooperativa, que estacionavam próximos ao consultório. Neste dia, por um acaso, não havia carro, e por estar com pressa, pegou um táxi avulso. Pensando sobre os encaminhamentos dados à sua vida, passou pela Lagoa Rodrigo de Freitas, já meio encantada com a beleza do Rio de Janeiro... Quando ouviu a voz do motorista.

— Vou colocar a senhora noutro táxi, que tá muito engarrafado, dona.

Ergueu a cabeça, assustada, olhando para o motorista e para o entorno, tentando retornar do emaranhado de pensamentos. Ainda era dia e estavam imersos em um mar de carros parados no entroncamento de ruas e avenidas próximas à favela da Rocinha, antro de traficantes. O motorista era um negro bem nutrido e malhado.

Pensou que algo estava errado na situação. Nunca tinha visto nem ouvido alguém comentar sobre motorista dispensar passageiro em meio a engarrafamentos. Lembrou que o táxi era avulso, sem identificação nem referência para que pudesse reclamar. Ficou tentando adivinhar o real motivo de ser dispensada em uma situação como aquela, pois se o motorista tivesse mesmo algum compromisso, e estivesse com pressa, também não conseguiria sair dali, tamanha confusão estava o trânsito. Em meio às buzinas, lembrou que estava longe de casa e perto de uma favela perigosa, mas afastou os maus pensamentos. O calor abrasador fora do carro e o ar-refrigerado do lado de dentro a incentivaram, fortemente, a argumentar com o motorista, que já estava em pé do lado de fora do carro, para seguirem.

— Não concordo em mudar de táxi, não. Além do mais, não sei quem é a pessoa em cujo táxi o senhor vai me colocar!

Tentou mudar, assim, o foco da enorme desconfiança que estava sentindo em relação ao motorista com uma frase precária e mentirosa. Ele aceitou o argumento com um sorriso misterioso, e continuaram a viagem.

Bianca se deu conta que a sua vida, naquele momento, consistia naquele táxi e naquele motorista, que nem conhecia. Uma pulga enorme se instalou atrás da sua orelha. Começou a lembrar de golpes dados para ludibriar a polícia. "Vai ver que ele combinou tudo isto com algum bandido." Começou a achar que estava na teia da aranha, só aguardando para ser engolida. Enquanto o trânsito estivesse assim, lento, esperaria a abordagem dos comparsas, que deveriam estar por perto. Enquanto o táxi freava e voltava a andar, ficou planejando estratégias de fuga.

Continuaram a longa viagem até o bairro onde morava. Totalmente em alerta, foi conferindo o trajeto, que conhecia bem. O trânsito já melhorava e o carro andava a certa velocidade. Descartou a ideia do golpe dos comparsas. Quando saíram do último túnel do percurso, o motorista fez menção de pegar a primeira via, logo à direita, e vacilou ao volante.

— Não. Em frente – disse Bianca, com convicção. O motorista insistiu em pegar a via da direita.

— Mas a senhora não disse que... Ia para o Recreio? – disse, vacilando novamente ao volante.

Bianca via, pelo retrovisor, o sorriso enigmático. O coração batia forte.

— Sim. O Recreio é em frente – retrucou com certa calma, achando o motorista muito cara de pau por querer pegar uma via que levaria a um terreno baldio. Começou a imaginar que ele seria algum estuprador ou maníaco sexual e violento. Mas ele seguiu em frente, pela avenida das Américas. Suspirou aliviada. O carro prosseguiu em velocidade alta. Bianca cheia de suspeitas e o motorista sério. Para surpresa sua, nada de mal aconteceu até chegarem à sua casa. Por prudência e uma estranha simpatia que se estabeleceu entre ela e o motorista, não reclamou. Pagou e saltou. O táxi foi embora. Em casa, pensando com mais calma, concluiu ter sido neura sua a desconfiança do taxista. Lembrou-se que mudaram para o Recreio por conta da violência em Vila Isabel...

Aninha gostava muito de pássaros. Do apartamento ela sempre via alguns, voando. Um dia viu um movimento estranho lá fora, e foi ver o que era. Botou o pé na varanda e voou um pequenininho de dentro da samambaia. "Ah! Que pena!", falou Aninha. "Queria pegá-lo..." Aninha era muito curiosa e foi olhar a plantinha de perto. Uau! Ela encontrou uns galhinhos amontoados com três ovinhos dentro, e, perto dos ovinhos, um passarinho de pé, todo tremendo. Aninha descobriu um ninho! Pisando de leve, saiu quase sem fazer barulho e foi contar para sua mãe o que tinha visto.

— Devem ser andorinhas – disse Bianca.

Aninha passou a observar o movimento da família: seu Andorão, o pai, estava sempre atarefado trazendo galhinhos e pedaços de algodão que encontrava no condomínio para deixar o ninho cada vez mais confortável. Dona Andora, a mãe, sempre atenta e discreta, não dava um pio, para não chamar a atenção dos membros da família de Aninha. Aninha torcia para os animais não comerem os ovinhos. Vigiava o ninho à distância e tudo ia bem, até o dia em que sua mãe falou que todos iriam se mudar para outro apartamento no mesmo condomínio. A princípio Aninha não desconfiou do que estava por acontecer e ficou pensando que levaria o ninho com ela quando fossem se mudar. Levaria a samambaia com o ninho quando estivesse toda a família Andora reunida. Chegou o dia da mudança e começaram a levar as plantas. Aninha, aflita, rogou para não levarem a samambaia. Ela sabia que seu Andorão tinha saído do ninho e ainda não tinha voltado. Mas levaram a samambaia com ninho e tudo! E agora, o que fazer? Aí pensou: vou colocar um aviso "ESTAMOS NO APARTAMENTO 302, DESSE MESMO CONDOMÍNIO", mas desistiu porque achou que pássaros não sabem ler. Começou a chorar quando viu seu Andorão voltando, cheio de galhos no bico, procurando atordoado pelo ninho.

Em casa Bianca sentia-se segura, relaxada. Apesar de muito longe do consultório de Bertha, em Copacabana, para onde ia duas vezes por semana, e da Ilha, onde trabalhava, o Recreio era um bairro ótimo para quem tinha criança, justamente por ser mais seguro. Era este era o caso dela e de Augusto com Aninha. O condomínio ficava perto da praia, o que Bianca adorava, pois lembrava da Capital. Inicialmente moraram no segundo andar, depois mudaram-se para uma cobertura do mesmo condomínio. As ruas do Recreio eram planas; os quarteirões, simetricamente desenhados, lembravam um pouco os bairros de Petrópolis, da Cidade Alta e Tirol, na Capital por onde Bianca circulou muito de bicicleta quando criança; por isto, incentivou Aninha a andar bastante pelo bairro, com certos cuidados. Sabia que esses passeios eram uma fonte de aventura e estímulos para a vida. Aninha aproveitou bastante o Recreio pedalando em suas ruas plenas de árvores floridas. Desenhava as flores que via, e, usando o Google, tentava identificá-las. Era muito orgulhosa da mãe poeta; se lhe perguntassem onde gostaria de morar, ela responderia com um poema de Bianca: "*Aqui, onde os relógios são nuvens e os minutos esticam-se, interminável carretel, para incluir um café, outra conversa no meio do dia. Onde os relógios se movem a sol, e nos regulam como bromélias, heras, jequitibás, ipês espalhados pelos muros, paralelepípedos, asfalto*". Seu quarto, cheio de livros infantis, também abrigava um computador e os livros que Bianca publicava. Era uma criança muito ativa e desenrolada com a linguagem. Estudou na quadra em frente ao condomínio, onde cursou e concluiu o primeiro e segundo graus. Segurança não era uma preocupação de Bianca no que se referia à filha Aninha. À medida que foi crescendo, foi se tornando um pouco tímida. Bianca via nela traços do seu temperamento e traços do temperamento de Augusto. Quando chegou a hora de optar por uma profissão, vieram-lhe muitas dúvidas; como os pais, quis cursar a universidade. Terminou optando por jornalismo, uma profissão até então inexistente na família. Paralelamente à graduação, experimentou cursos de aquarela e de fotografia artística. Vez por outra pegava um livro da biblioteca dos pais para ler. A maioria dos seus colegas moravam em condomínios no próprio Recreio e na Barra. Ao entrar para a universidade, a maior parte de seus amigos morava na zona sul da cidade. Bianca ia duas vezes por semana à Copacabana, e Augusto tinha consultório no Flamengo. Ficaram, portanto, de olho em alguma oportunidade para mudarem-se para mais perto dos seus núcleos de atividades. Quando surgiu uma oportunidade em Copacabana, fecharam negócio.

Bianca acaba de se aposentar da universidade e está com a cabeça a mil. Precisa de uma atividade para que a antiga sensação de introversão não ganhe espaço dentro dela. Esta sensação que nunca a abandonou por completo vem sendo enfrentada desde sempre a cada dia, dia após dia, mas o que a inquieta no momento são contendas um pouco diferentes...

É pleno verão em Copacabana, circulam belos corpos seminus. Vendedores de mates e outros gelados, cremes hidratantes, protetores UV estão vivos e ativos. A serotonina é o combustível de todos. O que parecia parado, gira freneticamente numa dança diurna e coletiva. Um brilho tremula nas retinas dos banhistas, prolongando-se pela noitinha. Seria de sóis vindos de longe para banharem-se nestas praias e lagoas ou seria o nosso próprio Sol brincando mais tempo com ôndulas e marolas? Os raios mais inclinados alongam os dias...

Bianca reencontra Nair no bairro onde estão morando atualmente, para onde se mudaram ela, Augusto e a filha Aninha, agora com dezenove anos. Não se viam há muito tempo. Nair está uma senhora bonita, bem cuidada, e continua andando arrumada e com saltos altos. Parece ter havido um *upgrade* geral desde a última vez em que se encontraram, casualmente, em um supermercado em Vila Isabel. É visível que o seu tratamento está dando um bom resultado, pararam as crises, a família não se desagregou como ela temia, e até aprumaram-se todos. Bianca se sente realmente muito feliz de vê-la bem. Passam a sair com frequência e a conversar mais sobre suas vidas. Numa dessas conversas, Nair confessa-lhe:

— Minha doença era a sensibilidade, Bianca. Meu marido não compreendia que eu tinha dificuldades em gerir uma casa... Ele é um homem rico que sempre teve tudo às mãos. A mãe dele sempre controlou tudo e todos. Meu temperamento é forte, mas não tive jogo de cintura para lidar com ela. Meus filhos ficaram confusos, uns mais, outros menos. Eu sei o quanto era difícil, para mim, deixar minha pequenininha em casa para ser internada. E não foram poucas as vezes. Quando o médico acertou a medicação, parei com as crises e continuei a análise com o mesmo médico. Depois disso, voltei a estudar piano, e as coisas foram melhorando. Meus filhos, que desconheciam essa habilidade que eu havia deixado de lado para cuidar deles, passaram a me respeitar, a se orgulhar de mim. Além do mais, eu sou uma mulher bonita! Voltamos a ter piano em casa, onde faço meus estudos...

— Que maravilha, Nair. Minha mãe também tocava piano... Era bonita como você! Não sei se lhe falei, ela também tinha surtos, se internava... Entendi perfeitamente suas dificuldades com seus filhos. Lembrei muito de você durante a gravidez de Aninha...

Ficaram silenciosas por um tempo.

— Voltando à minha mãe, ela tentou nos ensinar piano, mas em vão. Um irmão foi para o violão popular e uma irmã tocava piano muito bem, mas de ouvido. Nenhum de nós acatou o rigor dos estudos, nem a dedicação necessária para se tornar um músico, como ela era e queria que fôssemos. Nós tínhamos piano em casa, onde raramente tocávamos. Quanto aos surtos, ela vivia praticamente internada. Depois do lítio teve uma grande melhora, não mais se internou. Ela teve o tratamento disponível numa época em que a psiquiatria não estava muito evoluída, e a psicanálise na Capital estava ainda no início...

— Foram tempos difíceis, Bianca. Quando eu estava prestes a surtar, perder totalmente o tino, eu me entregava a Deus. Depois eles iam me dopando até me derrubarem. A sorte é que nunca faltou dinheiro na nossa família, pois eu tinha horror de ir parar na indigência.

Bianca logo lembrou-se da cena que viu quando estava escondida atrás da escadaria do hospital psiquiátrico, muitos anos atrás: Nair perto da indigência, nos braços do enfermeiro, mordendo e gritando enquanto ela aproveitava a confusão para tentar fugir. Lembrou também da indigência do hospital onde sua mãe a levava para doar agasalhos e cigarros para as internas sem recursos.

— É uma situação sub-humana as indigências dos hospitais psiquiátricos – diz Bianca.

— O importante é que estamos aqui, mesmo que um pouco baqueadas, enfrentando a vida, querida Nair!

— É isso, Bianca! O importante é que estamos aqui, conversando.

Bianca acaba de se aposentar da universidade e está com a cabeça a mil. Precisa de uma atividade para que a antiga sensação de introversão não ganhe espaço dentro dela. Esta sensação que nunca a abandonou por completo vem sendo enfrentada desde sempre, a cada dia, dia após dia. Tudo o que fez, tudo o que faz na vida é enfrentar essa sensação. Os estudos, o trabalho, seus escritos e desenhos são uma forma de enfrentamento, uma forma de lidar com expectativas aparentemente antagônicas. Mas o que a inquieta no momento são contendas um pouco diferentes...

Refletindo sobre a situação do bairro em que já mora há um certo tempo, Bianca vê as coisas clareando, bem aos poucos. "O caos impera lá fora, mas aqui dentro está tudo ficando cristalino... Quero apenas um modo de agir, de atuar!" Retira os fones de ouvido e dirige a palavra a Augusto, que está em sua poltrona em frente à televisão:

— Como você acha que eu posso contribuir para melhorar a vida desse pessoal ferrado espalhado pelas ruas do bairro, Augusto? O que é que a gente pode fazer por essas pessoas?

Augusto abaixa o volume da televisão e responde, com sinceridade:

— Eu já faço isso no meu trabalho... Você pode juntar as roupas e sapatos que não usa mais e levar para o pessoal da igreja... Aquela da rua paralela à Miguel Lemos. Lá eles as distribuem para pessoas que precisam...

Aumenta o volume da gravação de Marisa Monte, "Dança da solidão"; ouve até adormecer. Acorda com Augusto chamando-a para irem para o quarto.

— Aninha ainda não chegou do jornal... – balbuciou, sonolenta.

— Não se preocupe, ela sabe se cuidar, vou ficar lendo um pouco, qualquer coisa eu a busco. Augusto ajeitou o *spot* para iluminar o livro sem a incomodar. Dormiu a sono solto.

A sugestão do marido a faz lembrar da Vila Isabel, do padre João, das beatas, dos gatinhos, e ri um pouco. Tem saudades daquela fase alucinante de suas vidas. Há muito que não liga mais para igrejas, para religião. Foi o trabalho analítico que a fez entender aquele momento difícil de sua vida no Rio de Janeiro, quando procurou uma proteção religiosa, a mais segura que conhecia, até então. Mesmo assim, separa roupas e outros objetos que já não usa: lençóis, cobertores, sapatos. Embrulha tudo em sacos plásticos, colocando-os na mala do carro, vai até a igreja de São Paulo Apóstolo. Um rapaz e uma adolescente se aproximam, já sabendo do que se trata. A adolescente abre um dos sacos, dizendo "esse é meu!" ao segurar o antigo casaco de Bianca. O rapaz agradece, explicando que tudo irá passar por uma triagem e só depois será encaminhado para as comunidades. A menina solta o casaco e sai rindo, parece ser uma menina de rua. Volta para casa pensando na menina, rindo com seu casaco nas mãos. Lembra de Aninha já formada e fazendo estágio em um jornal de grande circulação.

Sua relação com Aninha é de muita confiança, embora se sinta despreparada para ajudar a filha em certas ocasiões.

Na sessão seguinte, Bianca conta a Bertha o que Aninha lhe confidenciou na semana anterior.

— Você sabe que Aninha está fazendo um estágio como fotógrafa de um jornal de grande circulação; pois bem, ela disse que foi chamada para cobrir uma disputa entre policiais e traficantes no Jacarezinho. "*...não me senti segura enquanto caminhava com a máquina fotográfica pelas ruelas do Jacarezinho. O chão era feito de buracos cavados na pedra, só que não dava mais para recuar. Foi quando se instaurou uma espécie de intimidade entre mim e os pivetes enquanto ouvíamos o barulho dos helicópteros bem em cima da gente, portanto, achei melhor segui-los e passar pelos helicópteros para alcançar a área mais segura. Sabia que corríamos o risco de sermos todos alvejados, entretanto, ficar ali também era um risco, e a muito custo decidi correr junto com os pivetes, desviando das balas. Continuei correndo, tentando passar despercebida... O tiroteio prosseguindo. Tudo me parecendo muito estranho. Um carro deu-me uma carona, deixando-me na faixa central da Av. Brasil.*" Imagine! Aceitou a carona para se ver livre dos pivetes. "*Fiquei subindo e descendo passarelas até achar um ponto de ônibus. A esta altura minha única preocupação era chegar em casa, em Copacabana, mas o ônibus me deixou justamente em Vila Isabel, perto do local de onde fugi, do local do tiroteio! Estava escuro, então fui até o prédio onde moramos tempos atrás, o medo dos pivetes me apressando. Minha vida de repórter mal começara e eu não queria que terminasse ali, embaixo do morro dos Macacos*".

— Vila Isabel fica do lado de cá do túnel que liga o nosso antigo bairro à favela do Jacarezinho – completa Bianca.

Bertha a ouve, em silêncio.

— Até aí tudo bem – diz novamente Bianca. — O ônibus que ela diz ter pegado por engano, coincidentemente, passaria em frente à sede do jornal onde ela trabalha, no Grajaú, portanto ela poderia ter pedido para saltar em Vila Isabel por um antigo costume nosso quando ainda morávamos lá. Mas ela queria vir para Copacabana! Tem alguma coisa estranha... Mas escute o que ela me disse, depois:

"Toquei a campainha da nossa ex-vizinha. A porta se abriu, subi até o nosso antigo apartamento que sabia estar vago, mas eu não tinha a chave... De repente, vi uma porta aberta com traficantes reunidos no apartamento ao lado. Achei tudo isso muito suspeito, assim como achei suspeito tudo o que estava se passando comigo. Tentei sair de alguma forma do prédio e subitamente me vi numa praça das redondezas plantando violetas. As pessoas estranhavam o fato de eu estar plantando violetas numa praça pública, mas segui plantando e regando, sim, molhando as plantas da praça! Iria passar o resto da noite naquela atividade, regenerando os pedaços de alma que tinha perdido nas últimas horas." Delírio puro, você não acha? De repente ela disse que se viu no Grajaú com os colegas do jornal, falando sobre as filmagens do tiroteio no Jacarezinho. O chefe da redação convidou a todos para irem comemorar juntos o sucesso da reportagem, os colegas da redação e ela, a foca! O que você acha?

— Ela contou tudo isso?

— Contou... Quase tudo, Berthinha. Existe um

quiosque que vende plantas na praça que fica justamente em frente ao nosso antigo prédio em Vila Isabel... Acho que ela falou em regar plantas no sentido figurado... É... Pode ser. Ou eu entendi errado... Não sei – conclui Bianca.

Já em casa, tentando desligar um pouco de Aninha, liga para Nair, convidando-a para assistirem a um filme no Roxy, ali mesmo em Copacabana. Estão em frente ao cinema, acenando uma para a outra, quando ouvem barulho de tiros. Correm para dentro do prédio e ficam espremidas, quase sem respirar, entre a parede externa e a bilheteria.

O ar de Copacabana está parado, todos estão atentos ao menor ruído, há silêncio sobre as cabeças, todos estão atentos ao menor estampido. As portas do sol estão fechadas. O ar de Copacabana treme, os morros podem se derramar sobre a cidade em caldo espesso de miséria e violência. Alguns parcos comentários sugerem que foi um assalto seguido de perseguição. Esperam a situação se acalmar e desistem de ver o filme. Em vez disso, vão tomar um café e conversar.

— Você ouviu, Nair? O tiro passou bem perto! Que loucura! Já faz um certo tempo que moro neste bairro... Nunca vi uma situação como esta: pessoas dormindo debaixo das marquises e tiroteios como este, que acabamos de ver! Nem quando estava em Vila Isabel vi uma situação como essa! – desabafa Bianca.

— Desde sempre houve tiroteios – pondera Nair. – A novidade são os mendigos por todo o bairro...

— Sabe, Nair... na época da abertura política, participei de movimentos sociais, era ativista numa época em que ainda vigorava a censura. Meu pai e meu tio participaram ativamente de partidos políticos, foram presos. Lutamos pela anistia dos presos políticos durante a ditadura militar. Nessa época ainda não havia eleições para presidente da República... e a repressão era braba. Depois fui me envolvendo com os estudos, com a profissão, com a saúde mental, deixei de lado essas participações políticas. Ultimamente me sinto mais equilibrada. Tenho pensado em uma forma de atuar e este tiroteio me fez decidir de uma vez por todas! Agora, que me aposentei, quero cooperar de alguma maneira com essas pessoas!

— Precisamos, amiga! Meu filho mais novo trabalha em projetos sociais aqui em Copa, ele me dará força, com certeza – responde Nair.

Calam-se as duas e ficam raciocinando. Tomam os dois cafés em silêncio, com as expressões graves. Nair continua a conversa.

— Sabe aquela senhora que almoça sempre no Aipo e Aipim?

Bianca logo lembra.

— Sim, uma senhora simpática... Baixinha.

— O nome dela é Isa. Ela faz um trabalho social com moradoras do Pavão-Pavãozinho...

Despede-se de Isa e de Nair com uma satisfação que há muito não sentia, semelhante à época da militância político-ambiental durante a juventude na Capital; sente-se saindo mais uma vez do limbo que é o seu lugar próprio. Ao chegar em casa, Augusto e Ana já estavam.

São três horas da tarde. Bianca e Nair estão na Rua Sá Ferreira, em Copacabana, ao pé da escadaria que dá acesso ao morro do Pavão-Pavãozinho. Vem recebê-las a senhora simpática que conhecem do restaurante de comida a quilo que frequentam no bairro. Chama-se Isa. Informa sobre o trabalho que realizam com donas de casa do morro, introduzindo a alimentação orgânica e noções de empreendedorismo, e que neste dia haverá uma palestra de uma chefe de cozinha muito conceituada, na casa de uma das moradoras.

— Terminada a palestra – continua Isa –, haverá uma discussão sobre hábitos alimentares, trocas de receitas e confirmação de presença para o próximo encontro, quando se dará a apresentação dos pratos para degustação.

Ao final do encontro, encantada com as ideias que circularam, Bianca combina de voltar na próxima reunião com um prato seu. Despede-se de Isa e de Nair com uma satisfação que há muito não sentia, semelhante à da época da militância político-ambiental durante a juventude na Capital; sente-se saindo mais uma vez do limbo que é o seu lugar próprio. Ao chegar em casa, Augusto e Ana já estavam.

Na manhã seguinte, durante o café da manhã, Augusto mais uma vez dirige-se à filha, perguntando sobre o estágio.

— Ô filha, tá tudo bem no jornal, estão te passando trabalho?

— Tão sim, pai. Tá tudo bem.

— Você tem fotografado?

Ana reluta em contar que faz trabalho externo acompanhando repórteres policiais, que tem se arriscado em favelas… Enfrentado tiroteios, que morre de medo a cada saída da sede, que não vê perspectivas de contratação, mas desvia-se do assunto. Bianca sabe o que está realmente se passando, fica calada. O que Ana lhe confidenciou vem deixando-a bastante preocupada... E sabe que ela não gosta de mentir para o pai.

— Depois conto melhor a vocês sobre o trabalho lá no jornal – Aninha responde, séria, encerrando por ali a conversa.

Para sorte sua, foi contratada como fotógrafa no mês seguinte, o que lhe deu um certo alívio e coragem para contar oficialmente aos pais as aventuras em que se meteu para conseguir as fotos que lhe valeram o emprego, só não esperava pela reação deles, principalmente pela reação de Bianca. A princípio ela e Augusto nada disseram, mas Bianca não se conteve.

— Minha filha, que riscos você está correndo! O Rio de Janeiro está muito violento, eu e seu pai temos conversado sobre isto.

A própria Bianca ficou espantada com o drama que fez sobre o que a filha lhe confidenciara, sem que tivesse demonstrado todo esse temor na própria ocasião da confidência, achando o seu relato até delirante. A verdade é que esteve muito preocupada e, quando Aninha também confessou ao pai, algo se descontrolou. Augusto, provavelmente pensando nos termos do contrato, só repetia baixinho: cobrir o assunto que estiver em pauta... Calados, quase não tinham o que comemorar.

Agora que Augusto sabe da experiência de Aninha, ela lhe parece plausível, e, pela reação que teve, achou melhor não ir à reunião semanal no Pavão-Pavãozinho. Sente-se de alguma forma responsável pelas escolhas da filha: por ela ter feito jornalismo; por ter-lhe contado empolgadamente sobre sua breve militância no final da ditadura militar, quando conheceu Augusto; sobre a militância do seu tio Isaías na prefeitura da Capital, sobre a militância do seu pai no partido comunista, sem ter-lhe alertado o bastante sobre as graves consequências que a família do seu tio Isaías enfrentou com sua morte pelo resto da vida, e sobre o quanto esta morte reverberou em todos, inclusive nela mesma, quando criança, e o quanto ainda reverbera em seus primos e tia. Subitamente, vem-lhe a imagem do atual governador autorizando, abertamente, a polícia a atirar nos traficantes para matar. Os moradores das favelas sabem o que isto significa, ela também sabe. Liga para Nair, dá uma desculpa, diz que depois conversará melhor com ela.

Bianca conversa com Bertha, a psicanalista.

— Berthinha, eu e Augusto temos comentado aqui e ali sobre a questão social e a miséria na cidade do Rio de Janeiro, e como isto está começando a interferir na nossa família. Nós saímos de Vila Isabel por conta da violência, e aqui em Copacabana encontramos esta violência que você conhece bem. Ele confidenciou-me há pouco que estranhou a presença da nossa filha, hoje, no final da manhã, na ala psiquiátrica do hospital onde trabalha na Tijuca. Contou-me um pouco da conversa que teve com Aninha.

"— *Filha, aconteceu algo em casa? Sua mãe não me ligou... Está tudo bem?*

— *Sim, está tudo bem, eu vim da redação do jornal e dei um pulinho aqui, mais para saber como é o hospital onde você trabalha...*"

— Augusto disse-me que tentou disfarçar a preocupação:

"— É verdade... eu nunca te trouxe aqui, Aninha. Vamos ao consultório conversar um pouco, depois eu te mostro toda a ala psiquiátrica. Mas me conte mais sobre o seu trabalho...
— Pai, eu acho que estou tendo alucinações, tô meio desligada do tempo..."

— Ana acabara de chegar de uma sessão de fotos e contou-lhe sobre esta experiência em detalhe... Augusto a ouviu longamente. Ao saírem do consultório, deu-lhe um abraço e foi mostrar a ala psiquiátrica do hospital, apresentando-a às enfermeiras e médicos.

— Você também acha que a história do apartamento em Vila Isabel, das violetas, foi delírio, não é, Bianca? – comenta Bertha.

— Parte daquela experiência que ela me contou, sim. Mas sobre esta última saída, a de hoje, não sei dizer, ela contou ao Augusto. Ficou entre eles...

Augusto trabalha como psiquiatra no hospital São Bernardino, que fica na Tijuca, bairro da zona norte, pela manhã, e às tardes atende no consultório como psicanalista no Flamengo. É e sempre foi muito estudioso. Apesar de todos os pesares, acha que ambos, ele e Bianca, deram sorte ao se encontrarem no ALOJA naquele dia da palestra da sandinista, logo que ela chegou ao Rio de Janeiro. Continua se encontrando com os antigos amigos da universidade, todos abandonaram a política, mas estão sempre ligadíssimos nos acontecimentos. Bianca não sabe de onde puxam tantos assuntos. Vez por outra o encontro se dá na casa de um dos amigos, quando saem para almoçar e conversar. Estão todos casados e com filhos. Sua relação com Aninha é de puro amor, e para ele chegar a comentar com Bianca sobre a visita da filha e da conversa que teve com ela, é porque está realmente preocupado.

No dia seguinte, ao abrir o jornal, Bianca se assusta ao reconhecer a autoria da foto da capa do jornal. Foi direto acordar Aninha.

— Minha filha, olhe isto! – Ana desperta com o exemplar do jornal estampando a foto que tirou do menino morto durante o tiroteio entre traficantes e policiais na favela da Maré, logo na primeira página, e dobra-o ao ver a preocupação de Bianca.

— Mãe, eu calculei os riscos... Se não desse, não tiraria, acredite em mim... Mãe!

O celular toca. É Patrícia, a editora de artes, querendo sua presença urgente na redação. Ana lhe mostra a mensagem, sussurrando "editora de arte" para apaziguar os corações. Bianca espera por Aninha à mesa, tentando em vão acompanhá-la durante o café, que toma apressada, saindo sem dar chance de conversa, apenas lhe dá um beijo e diz que lhe contará tudo, tim-tim por tim-tim. Bianca fica olhando a foto e pensando... "Mas se meter com o tráfico!" Dá uma pausa. Se questiona por que está tão assustada... Não estaria Aninha fazendo o que ela mesma gostaria de fazer? Afinal, quem não corre risco nesta cidade tão injusta? Não vem ela mesma pensando esse tempo todo em como atuar? Que, pelo menos, não atrapalhe o início da carreira profissional da sua filha! Sente uma pitada de orgulho de sua filha Aninha. Liga para Nair perguntando sobre as reuniões do Pavão-Pavãozinho.

— Bom dia, Bianca, como vão as coisas, hum?

— Bom dia, Berthinha. Estive um tanto impactada com as fotos que Aninha vem tirando para o jornal, mas pensei melhor, acho que ela está certa. Cada um deve fazer a sua parte, ela está fazendo a dela. Acho que foi por isto que ela foi bater no hospital onde o pai trabalha... Só depois que vi a foto contou-me como tudo se deu, tim-tim por tim-tim. Disse-me que *"Acabara de chegar bem cedo na redação, estava na sala de recepção tomando um cafezinho quando recebi uma ligação urgente do repórter policial. Ofegando, ele disse estar havendo um tiroteio na favela da Maré, que ele me esperaria próximo à entrada principal da universidade, e que eu levasse a filmadora. O táxi me deixou no portão, onde estavam parados vários carros da polícia, formando uma barreira entre a Maré e a universidade. Os helicópteros da polícia militar sobrevoavam, rasantes, disparando rajadas de metralhadora. Os traficantes revidavam. Sob um barulho ensurdecedor, os moradores corriam apavorados, entrando em qualquer casa para se abrigar dos tiros.* – Berthinha, eu estava assistindo a tudo pela TV sem nem sonhar que Aninha estava sob fogo cruzado! Continuando o que ela me disse: *"Eu e o repórter acompanhávamos os policiais que nos ofereciam proteção; fomos entrando na favela mais e mais, mas, a certa altura, nos perdemos deles. Ficamos parados, sem saber o que fazer, até que vi de longe o corpo de um menino caído no meio da viela, perto da escola. Estava com o uniforme. Certifiquei-me da ausência de policiais ou traficantes por perto, aproximei-me aos poucos, abaixando-me e escondendo-me atrás de tonéis de cimento.*

Não ouvi mais nada, apenas um silêncio ensurdecedor mostrava o pequeno corpo caído. Quando o tiroteio diminuiu, avancei como uma águia, fotografei o menino de várias posições e corri o mais depressa possível para dentro do complexo. Ao ver um policial passar, tive a intenção de pedir cobertura, mas instintivamente recuei, com medo. Esperei um pouco mais até diminuir o barulho de helicópteros, fui cautelosamente me aproximando da ponte que liga o complexo à cidade universitária; nisso, o repórter me alcançou, e enfim voltamos, andando abaixados até o portão da universidade. Entrei no carro do repórter e fiquei com o coração disparado, encolhida em frente ao banco do carona".

— Você lembra da sua experiência quando jovem... – disse Bertha.

— Mal comparando, sim. Só que a violência que Aninha está enfrentando é de outro tipo.

— Mas você mesma falou que a ditadura militar foi bastante violenta com seu tio.

— Sim.

— Ficamos por aqui... – diz Bertha, encerrando a consulta.

Augusto descansa lendo um romance policial. Bianca o acompanha em silêncio por um bom tempo, até não mais se conter e comentar sobre a foto da capa do jornal, que julga o marido já saber do que se trata. Quer saber sua opinião.

— Quero ver a foto, você me traz o jornal? Hesita um pouco e busca o jornal para entregá-lo a Augusto, que olha muito sério para a foto, vendo toda a crueza do mundo revelada pela sua própria filha.

— Ana precisa sair desse jornal, ela não me contou sobre esta foto...

Bianca sente que precisa intervir a favor da filha.

— Mas, Augusto, ela está gostando muito...

— Isso é muito chocante para uma garota de dezenove anos!

— Ela também fotografou uma exposição de arte, uma grande exposição!

— Você está de acordo com isto? – pergunta Augusto.

Bianca hesita um pouco antes de responder.

— Qual o argumento que podemos lhe dar? Ela só está sendo coerente com a educação que nós lhe demos – argumenta.

— Simplesmente que ela corre risco de vida! – responde Augusto.

— Eu corro risco de vida, você corre risco de vida, nessa cidade todos corremos risco de vida! Lembra quando lhe perguntei o que fazer para melhorar a vida desses moradores de rua? – aumenta o tom, e continua:

— Eu também estou me mexendo, Augusto, não aguento ficar sem fazer nada. Você já faz isso no seu trabalho, quando atende pacientes supernecessitados de graça. Ana só está fazendo alguma coisa!

Augusto acalma-se. Bianca vai para o quarto.

— Daqui a pouco ela chega, por favor, não comente sobre este assunto. Vamos dormir. Depois todos nos sentaremos e conversaremos calmamente... Depois – diz, tentando encerrar a conversa.

Estão deitados quando Aninha chega.

Receosa de encontrar com os pais, entra em casa

devagar, vai até a cozinha, acende a luz, abre a geladeira, senta-se, come bem lentamente. Vai ao seu quarto, depois entra no banheiro, toma um banho quente e vai dormir. Bianca e Augusto adivinham cada barulho que a filha faz.

Nair quer saber o que fez Bianca mudar de ideia e voltar a frequentar as reuniões do Pavão-Pavãozinho. Se encontram em um restaurante na Barata Ribeiro para almoçar e colocar os assuntos em dia.

— Oi, Bianca, estava com saudades! Como vai o Augusto?

— Estamos passando por um momento de transformação, posso dizer assim, todos lá em casa! – diz Bianca, eufórica.

— Estou curiosa, amiga... – diz Nair, sentando-se. Bianca aguarda ansiosa Nair acomodar-se e mostra-lhe o jornal com a foto de Aninha que a está fazendo refletir sobre engajamento político nesta crise: quer continuar fazendo a sua parte, quer continuar o trabalho no morro do Pavão-Pavãozinho.

— Muito impactante a foto, Bianca! Um verdadeiro manifesto contra a violência urbana... E o Augusto, o que acha disso? – pergunta Nair, levantando uma das sobrancelhas.

— Quer que ela saia do trabalho, acha muito perigoso...

— Ah, isso é, Bianca! Por outro lado, o que não é perigoso nesta cidade, atualmente?

— Foi isto que eu disse a ele... – diz Bianca, enquanto chama o garçom.

— Falando das reuniões, acho ótimas aquelas ideias que você deu pelo telefone! – Nair muda o rumo da conversa, contagiada com a euforia da amiga. – Podemos, se quisermos, participar de outros projetos aqui em Copa, segundo o meu filho mais novo, na Ladeira dos Tabajaras; tem um grupo que faz artesanato com o foco em microempresas. Muitas famílias ganham seu sustento comercializando suas produções por aqui mesmo.

Empenhadíssima em seu novo ativismo social, colaborando para que as mulheres das favelas de Copacabana desenvolvam seus projetos, Bianca verifica o que já sabia por ouvir dizer: existe muito trabalho social nas favelas, projetos que levam música, capoeira, artes visuais, até mesmo atendimento psicanalítico gratuito. Constata, também, que os protestantes têm grande penetração nessas comunidades, mas que os traficantes e milicianos é que dão as cartas: quem entra, quem sai, quem vive, quem morre. Sabe que seu rosto é conhecido, embora não saiba quem dá a ordem para que subam, ela e tantos outros. É uma vida perigosa a que está levando, mas Isa, a anfitriã, é muito respeitada pelos moradores, assim como aqueles que, como ela e Nair, sobem o morro com o único intuito de colaborar, por isso sente-se segura. Todavia, certas noções do que é certo ou errado se esvaem como fumaça: um pequeno furto sem violência seria algo tão grave assim?, pergunta-se Bianca. No asfalto, onde mora, muitas vezes encontra com um menino do Pavão-Pavãozinho, que sorri ao reconhecê-la. São cúmplices, companheiros, comparsas? Ela não saberia dizer.

— Como vão as coisas? – pergunta Bertha.

— Comigo, tudo bem... Estou adorando o trabalho no Pavão-Pavãozinho e na Ladeira dos Tabajaras, você sabe que eu sempre fui uma pessoa ativa e inventiva, não saberia ficar sem fazer nada depois da aposentadoria. O grupo de donas de casa do qual participo, com nossa orientação, abriu uma empresa de comidas naturais para vender na praia. Sanduíches com pastinhas e pão integral, tudo muito higiênico e climatizado...! Não estão faltando fregueses, principalmente quando o sol aparece! – Depois de um longo silêncio, Bianca continua: – Berthinha, esse estágio que Aninha está fazendo é realmente barra pesada! Ela me contou que estava almoçando próximo à redação, pensando em ligar para sua amiga, Paulinha, quando recebeu uma mensagem pelo celular dizendo para ir correndo ao cemitério de Inhaúma para cobrir o velório de um grande traficante, morto por uma gangue rival. Concluiu o almoço e pegou um táxi, que a deixou no endereço anotado. Ela me disse como estava se sentindo: *"Pisando em ovos sem quebrá-los, chego à capela do cemitério. Os presentes estão sussurrando segredos uns aos outros sem olharem diretamente para o centro do salão, onde deve estar localizado o caixão. O cheiro das flores me dá náuseas, mas consigo chegar perto e ver o rosto do traficante morto. Me preparo para filmar, mas um jato de vômito jorra das minhas entranhas. Um rapaz aproxima-se e, delicadamente, retira-me a filmadora e a máquina fotográfica, limpando-a com um lenço, depois devolve-me a máquina, a filmadora e me coloca dentro de um táxi. Ouço o rapaz cochichando com o motorista e fico calada. Pareço estar sonhando o tempo inteiro. Transfiro as fotos para um arquivo que encaminho para a redação; feito isto, relaxo. Acordo com o motorista dizendo que já chegamos. Salto, vejo que estou no Grajaú em frente ao prédio da redação. Não me lembro de ter dado o endereço ao motorista".*

Bertha diz:

— Terminamos por aqui...

Passam-se algumas semanas sem que Bianca toque no assunto violência urbana em casa. O trabalho de Aninha ainda está atravessado na garganta de todos na família. Seus relatos confidenciados à Bianca estão deixando-a um tanto aflita, acha que continuando assim a filha pode até surtar em algum momento. Surpreendentemente, não comenta sobre isso com o marido. Com Augusto comenta apenas sobre as experiências positivas no Pavão-Pavãozinho, esperando que ele a apoie, para sentir-se um pouco melhor. Ele a ouve, aparentando calma.

— Acho muito romântica essa sua visão sobre favelas, e eu não preciso subir os morros para saber que existem ONGs desvirtuadas de suas funções! – Não sem querer, o marido joga um balde de água fria na sua empolgação. E continua: – Você de repente esqueceu dos assaltos e tiroteios e mortes que os traficantes promovem aqui em Copacabana, isso só para falar de Copacabana!

Quando ele vê o espanto de Bianca com sua reação, pede desculpas, se cala. Bianca fica zonza. O que estaria acontecendo com seu marido? Sempre tiveram posições progressistas... Ele continua:

— Em verdade, eu me preocupo com vocês, com você e Aninha!... Que resolveram de um dia para o outro arriscar suas vidas! Você sabe o que esse novo governador pensa sobre segurança pública... Ele não está brincando... Está dando carta branca aos policiais para atirarem!

Bianca não sabe por que ficou calada...

Está pensativa depois da conversa com Augusto,

preocupada principalmente com Aninha, mas continua indo às reuniões no Pavão-Pavãozinho. O trabalho cresce a cada dia, e mais donas de casa estão participando e recrutando os filhos e os filhos dos vizinhos para venderem alimentação natural; a experiência está dando certo. Numa dessas idas às reuniões, vê um rapaz com um fuzil trançado no peito nu, passando entre as vielas do morro sem a menor cerimônia, abertamente. Sem querer, apressa o passo para a sede da ONG. Comenta o fato com Nair que desconversa e a convida para tomar um café após a reunião. Combinam de descer juntas.

Já em um bistrô na avenida Copacabana, quase esquina com a Sá Ferreira, estão elas tomando um café.

— Você viu, Nair? O rapaz, um menino...! Com uma metralhadora andando para lá e para cá?

— Ostentando poder... Só não sei para quem! – diz Nair.

— Espero que não estejam nos expulsando...

— Não, se fosse esse o caso, Isa nos diria. Deve ser demonstração de força entre eles mesmos – argumentou Nair.

— Meio perigoso, isso... E se a polícia chega numa hora destas? Começaria um tiroteio... com a gente no meio do fogo cruzado! – diz, pensando em Aninha.

Ficam em silêncio por um bom tempo. Nair percebe sua preocupação e fala, abaixando a voz:

— Bianca, deixa eu te pôr a par do que está acontecendo no Pavão-Pavãozinho: os traficantes, em troca da "licença" para a ONG atuar na favela, usam a sede, ao que tudo indica, para guardar armamentos. Como isto começou, não se sabe. Um funcionário simpatizante do tráfico consentiu em guardar uma caixa, provavelmente sem saber do que se tratava. Isa soube e, como sócia-fundadora, convocou uma assembleia em que discutiram o assunto. Descobriram quem foi, demitiram o funcionário, só que ninguém tem coragem de devolver as caixas ao pessoal do tráfico.

Bianca está pasma com o que acaba de ouvir.

— E você sabia disso o tempo todo! – desabafa.

— Não! Isa contou-me isso hoje, para que nós duas, eu e você, discutíssemos sobre o assunto. Isa acha que não tem condições de continuar o trabalho, vai fechar a ONG.

— Mas ela tem que fazer isto! O mais rápido possível!

Neste mesmo dia estão jantando em silêncio Bianca, Augusto e Aninha.

— Tenho uma boa notícia para vocês! – diz Ana, em alto e bom som. – Estou com uma entrevista de trabalho agendada com a editora de arte de uma revista superconceituada! Mas nada certo, ainda... – Augusto vibra com a notícia. – Você é fera, hein, minha filha?

Aninha chega perto do pai e o abraça. Bianca fica aliviada, se reanima.

Ana está radiante. Sabe que está tirando uma preocupação dela mesma e dos pais, além de estar alegre com a perspectiva de trabalhar no que realmente gosta: fotografia artística.

— E você mãe, como está o trabalho nas comunidades?

— Vai indo... – Bianca olha séria para Augusto.

— Seria bom você dar um tempo, esse governo não está para brincadeira...

— Sim, seria – diz Bianca num suspiro, só agora se dando conta de que Aninha está apenas buscando um trabalho que lhe pague melhor, que lhe dê prazer. "Sim, é isso que Bertha está tentando me dizer, com razão: a questão social é uma questão minha, não de Aninha... Aninha não estava gostando do trabalho policial, eu é que estava gostando das experiências dela. E já que a questão é minha, e já que eu entrei na briga, quero continuar!" pensa.

Espera estar a sós com Augusto para comentar sobre o menino armado andando pelas vielas do morro e sobre a conversa que teve com Nair a respeito da ONG do Pavão-Pavãozinho, ressaltando o fato de não se terem associado, nem assinado nenhum papel. Augusto ouve com uma calma verdadeira, tentando amenizar as preocupações de Bianca.

— É bom você ficar informada a respeito deste assunto – diz Augusto, em um tom brando, tranquilo. Bianca vê as situações conflituosas se definindo, se resolvendo.

Bianca e Nair estão aguardando serem atendidas em um dos cafés do bairro, falando sobre o assunto da ONG do Pavão-Pavãozinho:

— Você tem tido contato com Isa? – pergunta Bianca.

— Ela me informou que está procurando um advogado para instruí-la sobre o que fazer com a ONG. A sede está fechada, você sabe...

— Sim. Você vai continuar na Ladeira dos Tabajaras, Nair?

— Meu filho acha que esse caso do Pavão-Pavãozinho foi uma bobeira que marcaram. Ele acha que foi azar...

— Sim, mas e sobre os traficantes portando armas na frente de todos, a céu aberto?

Nair fica um pouco balançada. Assim como Bianca, ela também está se realizando nessa atividade, e gostaria muito de continuar.

— Vou dar uma ligada para a Isa. Tenho que agradecer por tudo e saber dela como estão as coisas, afinal, o trabalho dela é muito importante... – diz Bianca.

Nair concorda.

Uns dias depois, Bianca recebe uma ligação de Isa pelo telefone. Disse estar comunicando oficialmente a todos os participantes da ONG sobre a sua extinção. Conta-lhe que, seguida de um advogado, entrou na sede para fazer o inventário do que foi adquirido e encerrar definitivamente a questão. Lá estava tudo o que deixara há alguns meses, mais três caixas abertas, uma delas contendo metralhadoras de última geração, confirmando assim suas suspeitas. Diante desta cena, Isa perguntou ao advogado o que fazer.

— Eu não entendo nada dessas coisas, Isa, o que foi que ele disse? – pergunta Bianca.

— Que o certo, certíssimo, seria chamar a polícia para registrar o caso, me disse calmamente o advogado, um senhor aparentemente experiente na profissão e no trato com pessoas.

— Mas isso seria catastrófico... diz Bianca.

— Foi o que eu lhe disse. Que repercutiria muito mal para as outras ONGs com trabalhos relevantes e bem-sucedidos! Seria um desastre para os meninos e meninas que vêm sendo recuperados para fora do tráfico.

— E então?

— Nesse caso, disse ele, faça o inventário incluindo a própria sede, sem mencionar as caixas, e dê um jeito de devolvê-las. Eu compreendi o que tinha de ser compreendido, fiz o inventário e dei entrada em um cartório de registros de títulos e documentos, encerrando de vez o assunto.

— Graças a Deus e à sua habilidade de contornar situações, Isa. E as empresas que foram criadas com as donas de casa?

— As empresas continuam, estão registradas legalmente, pagando tributos, elas continuam.

— Quero agradecer muito por você ter me recebido lá no Pavão-Pavãozinho. E faço votos que continue o seu belo trabalho em um outro local, que ele é muito importante!

— Obrigada, querida Bianca!

— Berthinha, Aninha conseguiu um emprego como fotógrafa de arte numa revista superconceituada, com um bom salário, tudo o que ela mais quer! Ela sempre fotografou flores lá no Recreio, onde há muitas delas, depois passou a fotografar pessoas... Uma autodidata, suas fotos são magníficas! Você imagina como ficamos felizes eu e o Augusto, não só pelo bom salário, mas por seu trabalho estar sendo reconhecido tão cedo, e principalmente por não estar mais trabalhando com violência urbana.

— Muito bom – diz Bertha.

— No entanto, ela continua delirante!

— Como assim?...

— Contou-me que na semana passada, chegando à redação, ficou esperando a editora para irem fotografar uma exposição de arte. Deu uma olhada no celular, respondeu às mensagens, ocupando assim o tempo até Patrícia aparecer. *"Não demorou muito, nós duas estávamos no Centro Cultural Banco do Brasil, nos apresentando ao curador da exposição em uma sala reservada, onde o artista plástico já se encontrava para a entrevista. Tive a impressão de que o artista plástico estava em pé, embora seus pés não tocassem o chão. Nesta posição ele via Patrícia, e de vez em quando olhava para mim; os pés paralelos pareciam flutuar. Eles falavam entre si, o artista, o curador e Patrícia, mas eu não os ouvia, apenas aguardava.*

Estávamos indo para os sete salões da exposição, que ficam no segundo andar. Fotografei como se estivesse suspensa por fios de seda que me sustentavam nas mais variadas posições, como se eu fosse um anjo sem asas. Percorri assim as instalações, esculturas, colagens, quadros preenchidos por cubos de madeira, fotografei de vários ângulos, aproveitando o máximo da iluminação. O artista plástico se aproximou de mim como se reconhecesse esta minha habilidade, chegou bem perto, me sorriu. Nesse momento o reconheci, era o rapaz que havia me colocado no táxi durante o enterro do traficante em Inhaúma. Decidida, paro de fotografar, pego minha câmera, meu medo e me afasto um pouco para a saída. Logo atrás de mim está o artista, me perguntando como eu estou, com um sorriso enigmático. Faço menção de fugir, mas o curador e Patrícia se aproximam para nos despedirmos todos."

— O relato dela é lindo, mas no meio deste ela se refere a um traficante morto – Bertha encerrou assim a sessão.

Bianca consegue enfim separar os delírios de Aninha dos seus desejos de enfrentar a realidade violenta do Rio de Janeiro. Sim, a realidade da cidade é muito violenta e pegou Aninha de cheio, como uma testemunha participante, e isso mexeu muito com ela. Resolve contar para o marido as confidências da filha para tentar fazer algo por ela, afinal, há um histórico de psicose na família. Concorda com Augusto sobre a necessidade de averiguar melhor os delírios de Aninha e ficam acertados que, se for o desejo dela, ele a encaminhará a um psicanalista de sua confiança. Aninha concorda, sem problemas.

Bianca resolve de comum acordo com Nair que será melhor darem um tempo nas ONGs que funcionam em favelas ou próximas aos domínios do tráfico de drogas. Sentiu necessidade de protegê-la nesse momento tão significativo para ambas.

É pleno verão no Rio de Janeiro. Bianca está finalizando os manuscritos do novo livro para entregar ao editor. Continua a sua militância por melhores condições de vida para a população de rua, sempre com Nair, dessa vez atuando junto a outros moradores do bairro de Copacabana, distribuindo quentinhas para os desabrigados. Sorri ao lembrar das incursões pelas favelas, quando quase se envolveram para valer com os traficantes. Tem conversado sobre arte com a amiga. Vez por outra vão ao Centro Cultural Banco do Brasil e ao Teatro Municipal para assistir a concertos e exposições. Voltou a desenhar e a escrever poemas.

Senta-se em um bistrô do bairro, situado numa rua paralela à praia, para tomar um chope e apreciar a vida. Vira-se um pouco, ajeitando-se na cadeira, quando vê alguns pivetes apontando-lhe um revólver. Num rasgo de memória, lembra-se do seu registro de nascimento, do qual sempre duvidou, e vem a ideia de se identificar como pertencente a uma ONG do morro.

— Vocês conhecem dona Isa?

Os pivetes estranham sua reação, talvez supondo que dona Isa é a mãe de algum colega. Fato é que desistem do assalto e saem correndo. Bianca se recompõe do susto. Acha que a experiência no morro serviu para alguma coisa. "São crianças, apenas... Nem estavam drogadas.... E de mim não tinham o que roubar: estou só com o cartão de crédito, imagine! Agora sim, eu nasci definitivamente!", diz, baixinho, para si mesma.

FIM

EDITORA CIRCUITO
Largo do Arouche 252, ap 901
República, 01219-010
São Paulo – SP
editoracircuito.com.br
◼ ◎ /editoracircuito